TatortOst

Bernhard Spring wurde 1983 in Merseburg geboren, wo er das Domgymnasium besuchte. Seit 2005 studiert er Literatur und Geschichte in Halle und Leipzig. Erste eigene Essays und Kurzprosa erschienen u. a. in den *Altmark-Blättern* und im *Blättchen*. Seit 2008 arbeitet Spring als freier Mitarbeiter der *Allgemeinen Deutschen Zeitung für Rumänien*. Im selben Jahr wurde ihm der erste Literaturpreis des Landesheimatbundes Sachsen-Anhalt e. V. verliehen. Seit 2009 ist Spring Stipendiat der Studienstiftung des deutschen Volkes. 2010 erschien sein erster Eichendorff-Krimi »Folgen einer Landpartie«. Spring lebt mit Frau und Kind in Halle.

Die verschwundene Gräfin

Joseph von Eichendorffs zweiter Fall

von
Bernhard Spring

mitteldeutscher verlag

Mix
Produktgruppe aus vorbildlich bewirtschafteten Wäldern und anderen kontrollierten Herkünften
www.fsc.org Zert.-Nr. SW-COC-002823

2011

www.mitteldeutscherverlag.de
Originalausgabe

Gesamtherstellung: Mitteldeutscher Verlag, Halle (Saale)

Umschlaggestaltung unter Verwendung einer zeitgenössischen Radierung von Friedrich Eduard Eichens aus dem Jahr 1841.

ISBN 978-3-89812-784-4

Printed in the EU

Für M., mit etwas mehr Liebe

I.

Eichendorff nickte gelassen, während er den Brief las. Ja, das war abzusehen gewesen. Dieser Storm meldete sich auch jetzt zu Wort, auch jetzt wieder abfällig. Eichendorff konnte sich ein mildes Lächeln nicht verkneifen. Wie sich doch dieser Theodor Storm so unsicher und ehrerbietig ihm gegenüber verhalten hatte, als sie sich an diesem gemütlichen Winterabend im Vorjahr begegnet waren. In Berlin bei Kugler war das gewesen, dem launischen Historiker Franz Kugler, der das schöngeistige Schreiben nicht lassen konnte. Was hatte Eichendorff damals gesagt? Von allem, was Kugler jemals geschrieben hatte, wäre nichts so zeitlos wie ausgerechnet seine erste Publikation, das *Skizzenbuch*, und daraus kein Gedicht so anrührend wie *An der Saale hellem Strande*. Es hatte Eichendorff ergriffen wie vielleicht kein zweites Gedicht, einmal abgesehen von Brentanos und von Arnims *Des Knaben Wunderhorn* natürlich, einer wahrhaft meisterlichen Sammlung von Liedern und Gedichten, die, wie Eichendorff sicher wusste, alle Zeiten überdauern und noch in Hunderten von Jahren populär und geliebt sein würden.

Aber wie die Zeit vergangen war! Von Arnim war bereits vor vierundzwanzig Jahren verstorben, Brentano in tiefster Schwermut vor dreizehn Jahren. Nur er selbst, Eichendorff, der letzte Romantiker, wie sie ihn kürzlich bei einem Besuch in Wien geheißen hatten, nur er war geblieben – in einer verwirrenden Zeit, in der neuerdings sogar Luftschiffe aufstiegen. Mit seinen siebenundsechzig Jahren fühlte er sich eigentlich noch nicht ganz wie ein Relikt aus einer anderen, vergehenden Epoche. Aber ja, das Fieber kam nun regelmäßiger, die Lunge entzündete sich nahezu jeden Winter und besonders seine Frau Louise hatte an dem fortschreitenden Alter zu leiden. Eigentlich hätte sie längst auf ein paar Wochen nach Karlsbad zur Kur reisen müssen, aber wie immer zerschlug die harte Realität solche träumerischen Absichten. Es würden trotz Eichendorffs angestrengter Bemühungen auf absehbare Zeit keine Gelder zur Verfügung stehen, um eine solch kostspielige Angelegenheit zu finanzieren. Und so war ihm nichts weiter übrig geblieben, als seine Frau der Obhut des hiesigen Homöopathen anzuvertrauen, einem gewissen Doktor Lutze, der hier in Köthen als Wunderheiler verehrt wurde und das größte homöopathische Zentrum des ganzen Deutschen Bundes führte.

Und doch, sosehr Eichendorff auch dagegen ankämpfte und anschrieb, es blieb dabei: Literarisch gesehen gehörte er inzwischen zum alten Eisen. Nichts, was er in den letzten Jahren verfasst hatte, war je mit einer solchen Begeisterung aufgenommen worden wie einst sein *Taugenichts*. Selbstverständlich gab es auch andere Erfolge. Mit dem Roman *Dichter und seine Gesellen* beispielsweise oder auch *Das Schloß Dürande* hatte er sich im deutschen Sprachraum einen Namen gemacht. Und nicht zu vergessen die Gedichte! All die schönen, lieblich klingenden Verse, die in sich die Hoffnungen und Sehnsüchte einer ganzen Generation trugen – sie waren doch erst vor Kurzem in der bereits dritten Auflage in Berlin erschienen.

Aber gerade daran litt ja auch seine literarische Laufbahn so sehr: dass ihn jeder Leser mit dem *Taugenichts* und seinen Gedichten verband, nicht aber mit dem, was Eichendorff seitdem verfasst hatte. Natürlich waren die theoretischen Schriften unter Kennern positiv aufgenommen wurden, doch den bürgerlichen Leser hatten sie weniger interessiert. Und nun gingen auch die jüngsten Veröffentlichungen an dem Geschmack der Leserschaft vorbei. Zuerst war Eichendorff mit seinen Übersetzungen aus dem Spanischen gescheitert und nun vorgeblich auch mit seinen neusten Versepen.

Dabei hatte Storm den *Julian* noch gelobt. Das war im letzten Jahr gewesen, kurz nach dem Abend bei Kugler. Ein interessanter Abend hatte es werden sollen, zumindest hatte dies der Gastgeber versprochen. Und tatsächlich hatte er sich alle Mühe gegeben, ein Gespräch im Gange zu halten, doch er war kläglich gescheitert. Da saßen sie, all die jungen Dichter, die mit einer nüchternen, realistischeren Feder schrieben, als Eichendorff eine führte. Sie umringten den alten Meister, feierten ihn so überschwänglich, dass ihn ihre übertriebenen Lobeshymnen bald langweilten und falsch vorkamen. Da war der junge Paul Heyse, den, noch nicht einmal vierundzwanzigjährig, eine Professur in München ereilt hatte. Dazu ein gewisser Theodor Fontane, ein beinah namenloser Apotheker, der mit ein paar ganz brauchbaren Gedichten und Reiseberichten sein literarisches Debüt gegeben hatte. Und natürlich der Storm, dieser friesische Anwalt, der mit seiner Novelle *Immensee* für Furore gesorgt hatte und wohl am hartnäckigsten von allen Versammelten an diesem Abend die unerreichbare Größe Eichendorffs beschwor.

Dieser jedoch mochte keine übermäßigen Schmeicheleien. Was war er schon mehr als ein mittlerer Beamter in Pension, als ein Schriftsteller unter so vielen? Ach, er hatte sie alle gekannt! Den Kleist, die Schlegels, den Tieck – und alle waren bereits verstorben. Er war tatsächlich der letzte Romantiker …

Jetzt mokierte sich Storm über Eichendorffs Versepos *Robert und Guiscard*, das im März in Leipzig erschienen war. In dem Brief vom Verlagshaus Voigt & Günther stand säuberlich zitiert, was Storm an bösen Worten von sich gegeben hatte, und doch konnte sich Eichendorff nicht darüber erhitzen. Es war ihm beinahe einerlei. Ob er nun sich selbst treu geblieben und dadurch veraltet war oder ob er wirklich mit den Jahren an Talent eingebüßt hatte – wer könnte das schon einwandfrei beurteilen? In Kassel war unlängst seine gute alte Erzählung *Das Marmorbild* in der Reihe der modernen Klassiker erschienen und dieser Titel traf wohl inzwischen auch auf seinen Autor zu: Er war ein Klassiker geworden, zeitlos und nicht mehr aktuell.

Eichendorff sah auf die Standuhr. Es wurde langsam Zeit, Louise zu besuchen. Diese kleinen, täglichen Aufwartungen waren abgesehen von den sonntäglichen Messen nahezu der einzige Anlass für ihn, die Stadt zu betreten. Er mochte Köthen nicht sonderlich, denn zwar gab ihm dieser Ort die einsame Ruhe, die seine kreative Schaffenskraft stärkte, sodass er auch hier, fernab der beruhigenden schlesischen Heimat und des Berliner Literaturzirkus schreiben konnte. Andererseits war diese beschauliche Stadt ein unheimlicher Platz der Kontroverse, an dem gerade ein neues Zeitalter das vorangegangene, gemächlichere abzulösen schien. Diese neue Epoche stand ganz im Zeichen der Industrialisierung, die auch vor Köthen nicht haltgemacht hatte. Die Dampfmaschinen, die der Engländer James Watt vor beinah einhundert Jahren entwickelt hatte und die zum Symbol des Wandels geworden waren, ratterten in weiterentwickelter Form auch vor den hiesigen Stadttoren. Maschinelle Spinnereien verdrängten zunehmend die unproduktive Heimarbeit, Fabriken ersetzten Manufakturen und Handwerksstuben. Es war überall dasselbe. Eichendorff kannte die wirtschaftliche Lage der deutschen Einzelstaaten nur allzu gut. Immerhin hatte er sie während seiner Beamtenlaufbahn in den östlichen Provinzen Preußens unmittelbar beobachten können.

Zum einen verhießen die Maschinen einen wahren Segen, denn sie erleichterten manche Arbeit, die vor Kurzem noch mühsam von Menschenhand ausgeübt werden musste. Nun wirkten die Kräfte des bewegten Wassers und des Dampfes, der zusammengepresst schwere Webstühle, ja sogar ganze Schiffe bewegen konnte. So wurde etwa seit inzwischen mehr als zehn Jahren Europa über ein Dampfschiff mit der Westküste Amerikas verbunden.

Andererseits brachte die technische Errungenschaft aber auch zahlreiche Verschlechterungen mit sich. Da waren der nächtliche

Lärm in den Vorstädten, die ätzende Luft, die über ganzen Regionen wie eine Pestwolke hing, und nicht zuletzt der enorme Verbrauch an Heizmaterialien, die all die puffenden und stampfenden Maschinen in Gang hielten. Wo früher dichte Wälder gestanden hatten, prägten nun kahle Landschaften den Anblick. Der deutsche romantische Wald war in manchen Teilen Preußens mittlerweile völlig verschwunden.

Aber daran störten sich nur wenige. Viel offensichtlicher war der Niedergang des traditionellen Handwerks angesichts der arbeitenden Maschinen. Nun gut, im Königreich Preußen konnte dadurch die Kinderarbeit zumindest eingeschränkt werden. Aber in Posen und Schlesien standen ganze Wirtschaftszweige vor dem Ruin, denn wer nicht in den Fabriken Arbeit fand, konnte in Heimarbeit kaum etwas herstellen, was mit den industriell gefertigten Produkten in Preis und Qualität mithielt. Zahlreiche Aufstände, zuletzt im niederschlesischen Eulengebirge, waren allein dem verheerenden Elend der arbeitslosen Handwerksfamilien geschuldet.

Die gesamte produzierende Wirtschaft wandelte sich – und schaffte gewaltige Überschüsse. Neue Märkte mussten erschlossen, neue Transportwege angelegt werden. Es erschien Eichendorff nur eine natürliche Folge der ökonomischen Veränderungen zu sein, dass sich die Eisenbahn seit der ersten Gleisverlegung zwischen Nürnberg und Fürth im Dezember 1835 nicht nur anschickte, den Güterverkehr zu dominieren, sondern auch zunehmend den Personentransport bestritt. Der Zeitgeist strebte immer stärker nach einem unbestimmten Mehr an Geschwindigkeit, Größe und Technik.

Auch Köthen wurde von allen Vorzügen und Nachteilen der Industrialisierung geprägt. Während in den Vorstädten die Arbeiter in den Fabriken schufteten und in erbärmlichen Behausungen lebten, prunkten in der Innenstadt die Werksbesitzer als gut situierte Neureiche neben den alteingesessenen adligen Großgrundbesitzern. Zum neuen Zentrum der Stadt aber wandelten sich die verschiedenen Bahnhöfe Köthens, die das kleine anhaltinische Städtchen mit Berlin, Magdeburg, mit Bernburg, Halle und Leipzig verbanden. Die Industriellen im Stadtrat hatten jüngst sogar eine Debatte über die Errichtung eines Gaswerks zur Beleuchtung der Straßen aufgeworfen. Es ging voran, in einem unerhörten, schwindelerregenden Tempo.

Aber auf der anderen Seite, fernab der Fabrikbarone und Maschinenkrösusse war mit Fürst Heinrich der letzte Köthener Herzog gestorben und so das Land vor Kurzem an Dessau gekommen. Dessen Herzog Leopold IV. Friedrich, der nun über das vereinigte Land Anhalt-Dessau-Köthen herrschte, residierte in Dessau, während Köthen mitsamt seinem Schloss zu einer Verwaltungsstadt heruntergekommen war. Der alte adelige Glanz verblasste zunehmend im fahlen Licht der Gaslampen, und Eichendorff war zu betagt, um sich dem schnellen Schritt der industriellen Zeit anzupassen. Auch er gehörte der alten auslaufenden Zeit an.

Mit einem Anflug von Rührung dachte er plötzlich an seine Kinder und Enkel. Was wohl aus ihnen eines Tages werden würde? Nun, die Kinder waren versorgt. Hermann, Rudolf und die liebe Therese. Aber was in den Enkeln steckte? Max war sein Liebling, er konnte es vor den anderen nur mit Mühe verbergen. Der nachdenkliche Otto war ihm schon etwas zu alt; mit seinen siebzehn Jahren konnte dieser nicht allzu viel anfangen mit dem gestrigen Großvater. Und Anna wurde bereits eine junge Frau, das bemerkte Eichendorff immer wieder mit stiller Verwunderung. Sie zog sich in sich zurück wie eine Knospe, die erst nach ihrer Reifung in voller Blüte erstrahlt. Davon war natürlich die kleine Helena noch weit entfernt, weiß Gott. Drei Jahre war sie nun schon alt, hing immer noch an Mutters Rockzipfel, sodass nur ihre goldgelben Locken dahinter hervorlugten, und war in allem so zurückhaltend, dass Eichendorff kaum ein Wort von ihr vernahm, sosehr er sie auch mit Süßem köderte oder sie anderweitig umgarnte.

Nein, Max war ihm der liebste von all seinen Enkeln. Eichendorff genoss jede Stunde mit ihm, dem lebhaften und beneidenswert unverfälschten Kind, das wie sein Großvater gern durch die Landschaft streifte und mit sich selbst in ausgelassener Stimmung sein konnte. Ihr gemeinsames Quartier war das Gartenhaus im Norden des Grundstückes. Hierhin zogen sie sich zurück, wenn sie unter sich sein wollten. Dann packte Max meist etwas prahlerisch und mit verschmitztem Lächeln aus, was er zuvor in seinen Taschen gesammelt hatte, und erzählte dem Alten stolz die fabelhaftesten Geschichten zu all den Steinen und Äpfeln, Schneckenhäusern und Ästchen. Ein anderes Mal wiederum musste Eichendorff ihm von seiner eigenen Kindheit auf Lubowitz erzählen, von den Ausritten zu den kleinen Gütern an der Oder, auf denen die herrlichsten Sommerbälle veranstaltet worden waren, und natürlich von den glanzvollen Abenden in den Theatern Ratibors. Eichendorff spürte, dass ihn etwas unaussprechlich Tiefes mit Max verband, obwohl dieser erst zehn Jahre zählte.

Langsam legte er den Brief von Voigt & Günther beiseite. Vom Fenster aus konnte er den Garten hinter dem Haus überschauen, doch was sich unter den Baumkronen tat, entzog sich seinem Blick. Irgendwo dort musste sich Max herumtreiben. Er würde ihn suchen müssen.

Im Korridor rief er nach der Angestellten. »Maly!«, klang seine bedächtige Stimme durch den Raum. Die Haushälterin Amalia Michler stand seit jeher im Dienst der Eichendorffs. Ihr Vater, der getreue Johann Bayer, verwaltete das Familiengut in Sedlnitz und auch ihr Gatte, der verstorbene Gustav Michler, hatte sich dort verdingt, bis ihn ein Pferdetritt auf den Brustkorb traf und ihn die darauffolgenden schweren inneren Blutungen qualvoll dahingerafft hatten. Die Michlerin hatte der Verlust ihres Mannes hart getroffen, doch nicht für längere Dauer gezeichnet. Sie war eine dicke, freundliche, mit fortgeschrittenem Alter aber etwas ruppig gewordene Person, die es spürbar genoss, aufgrund der beschränkten finanziellen Mittel des Freiherrn der einzige dienstbare Geist im köthenschen Hause Eichendorff zu sein, sodass sie völlig unabhängig schalten und walten konnte. Nun betrat die rundliche Frau den Korridor mit fragendem Blick.

»Ich gehe aus«, erklärte Eichendorff kurz und warf sich seinen Mantel über.

Maly eilte auf ihn zu. »Dann vergessen Sie nicht Hut und Stock, Monsieur, es ist noch kühl im Schatten.«

Eichendorff lächelte amüsiert. »Sind Sie sicher, dass mich der Stock vor Kälte schützt?« Maly sah ihn etwas verwirrt an, aber Eichendorff winkte schon ab. »Nichts für ungut, Maly. Ich nehm' übrigens den Jungen mit«, sagte er und ließ die Haushälterin im Korridor zurück.

Die gute alte Maly knickste dem Gehenden nachlässig hinterher, raffte ihre Röcke und ging kopfschüttelnd in die Küche zurück. »Der Alte!«, schnaufte sie dabei nur.

II.

Draußen im Garten tollte ein kleiner Junge so selbstvergessen umher, dass er den hinzutretenden Mann überhaupt nicht bemerkte. Eichendorff sah ihm einen Moment lang zu, wie er mit einem dünnen Stock das hohe Gras der Wiese peitschte, sodass die Bienen verschreckt aufflogen und Blütenblätter und Pollen wild umherwirbelten, dann aber rief er in gespieltem Ernst, des Jungen Mutter nachäffend: »Johann Maximilian von Besserer-Dahlfingen!«, worauf der Junge erschrocken innehielt. Doch schon hatte sich sein erstarrtes Gesicht in ein ironisches Lächeln aufgelöst und der Gerufene lief auf seinen Großvater zu.

Nicht immer wollte Max seine Großmutter besuchen, denn zwar mochte er sie recht leidlich und auch die Stadt hatte dem jungen Mann einiges zu bieten, was ihm hier, vor dem Tor und in direkter Nachbarschaft zu der Fasanerie völlig abging, doch wurden diese Ausflüge häufig von der niederdrückenden Stimmung der Großmutter getrübt, sodass die Spaziergänge durch die Straßen Köthens oft etwas Melancholisches an sich hatten. Allerdings hatte sich der Zustand der Großmutter in den letzten Tagen merklich verbessert und so durfte sich Max auf einen vergnüglichen Vormittag freuen.

Eichendorff putzte dem ungeduldig wartenden Jungen die Pollen aus der Jacke, korrigierte den Sitz der Mütze und ergriff schließlich die kleine Hand, um sicherzustellen, dass der Heißsporn sich angemessen verhalten würde, wenn man gleich gemeinsam die Stadt betrat.

Max hatte zuletzt die Mutter an den Bahnhof begleitet, wovon sie nach Berlin aufgebrochen war. Dies lag bereits mehr als eine Woche zurück und so brannte er darauf, in das Herz Köthens zu gelangen, als habe sich dort wer weiß was alles verändert.

»Großvater«, fragte der Kleine sichtlich gut gelaunt, »wo liegt denn Neiße überhaupt?« Seit diesem Tag im Mai, als er von der Versetzung seines Vaters dorthin erfahren hatte, hatte ihn diese Frage beschäftigt.

»Nun, Neiße liegt im preußischen Teil Oberschlesiens, wo deine Mutter geboren wurde«, antwortete Eichendorff bedächtig. »In dieser Stadt befindet sich die Sommerresidenz des Fürstbischofs von Breslau und natürlich auch die preußische Festung, in der dein Vater als Kompaniechef des Kadettenkorps beim zweiten Infanterieregiment seinen Dienst verrichten wird. Deine Großmutter besuchte dort als junge Frau einmal das höhere Mädchenpensionat.«

Eichendorff spürte, dass ihm der Junge nur halb zugehört hatte. Offenbar gingen in ihm andere Gedanken um, und nachdem er eine Weile schweigsam neben seinem Großvater gegangen war, fragte er diesen: »Müssen wir jetzt auch dorthin ziehen?«

Eichendorff atmete tief ein. Daher also wehte der Wind. Nun gut, er konnte den Jungen verstehen. Seit Maximilians Geburt bestand dessen Leben darin, Freundschaften zu Altersgenossen zu knüpfen, die sogleich wieder zerbrochen wurden, sowie sein Vater in eine andere Stadt versetzt wurde. Zuerst hatte dieser an der Danziger Divisionsschule gearbeitet, anschließend in Berlin, wo er den Rang eines Premierleutnants bekleidet hatte. Eichendorffs Schwiegersohn, der Herr Ludwig von Besserer-Dahlfingen, beschritt eine ansehnliche

Karriere beim preußischen Militär, doch seine Familie hatte darunter zu leiden, indem sie ihn kaum zu Gesicht bekam und ihm trotzdem ständig hinterherreisen musste. Und jetzt hieß die nächste Station also Neiße.

»Ich gehe davon aus, dass er uns dort ein Haus beschaffen wird«, fügte Eichendorff hinzu.

»Und wann wird das sein?«, fragte Max mutlos, worauf Eichendorff seufzte.

»Das weiß ich auch nicht«, meinte er nur. »Wahrscheinlich wenn deine Mutter in Berlin alle Angelegenheiten geregelt haben wird. Aber bestimmt nicht vor dem Herbst.«

Seit Eichendorff krankheitsbedingt aus dem Berufsleben ausgeschieden war, wohnte er im Haushalt der von Besserer-Dahlfingens. Er schätzte nicht nur den vertrauten Umgang mit seiner Tochter Therese, die ihn bereitwillig aufgenommen hatte. Seine Untermieterschaft hatte auch ganz praktische Gründe. Mehr als zehn Jahre hatte er sich in Berlin als einfacher Hilfsangestellter verdingt und war für die unterschiedlichsten Ministerien tätig gewesen, ohne dass es ihm sein bescheidenes Gehalt jemals ermöglichte, einen seinem Stand angemessenen Lebensstil zu führen. Der Freiherr von Eichendorff hatte sich für das Ministerium des Äußeren abgeschuftet, hatte niedere Laufburschenarbeit für das Postamt erledigt. Als ihn schließlich die lang ersehnte Ernennung zum Geheimen Regierungsrat im Kultusministerium ereilt hatte, stand es um seine Gesundheit bereits so schlecht, dass er bald darauf den Dienst hatte quittieren müssen. Schlicht aus finanziellen Gründen lebte er seitdem bei seiner Tochter. Er konnte es sich einfach nicht leisten, für sich und seine Frau allein aufzukommen. Die von seinem Vater ererbten Anwesen waren mit 300.000 Reichstalern verschuldet gewesen, sodass er nur das Gut Sedlnitz in Mähren vor den Gläubigern hatte retten können – vorläufig, denn auch hier drückten gewaltige Schulden. Und aus seiner schriftstellerischen Tätigkeit hatte er noch nie besonders viel Geld schlagen können. Die letzten beiden Versepen hatten ihm zusammen nicht mehr als einhundert Taler eingebracht, wovon man keinesfalls leben konnte.

Also blieb ihm nur Therese. Seine Söhne Hermann und Rudolf hatten genug damit zu tun, mit ihren eigenen Familien zurechtzukommen, doch der Herr Major von Besserer-Dahlfingen konnte es sich leisten, seine Schwiegereltern auszuhalten. Die beiden Herren verband indes nicht sonderlich viel. Besserer-Dahlfingen, der Militär, sah in dem literarischen Schaffen des Älteren ein verpfuschtes Leben, während Eichendorff peinlich berührt war, dem Verdienenden möglicherweise zur Last zu fallen. Auch deshalb hatte er jüngst die Einladung nach Wien angenommen, wo er zusammen mit seiner Frau Louise bei Freunden und Gönnern untergebracht worden war. Er hatte die Größen der österreichischen Literatur kennengelernt, selbst Grillparzer und Adalbert Stifter, hatte sich von ihnen erneut als Relikt einer vergangenen Zeit feiern lassen – und das alles nur, um für ein paar Wochen den Schwiegersohn nicht zu belasten.

Doch dieser befand sich meistens in der Garnison, wodurch die Lage in dem gemeinsamen Haushalt merklich entspannt wurde. Zudem hatte sich Eichendorff vorübergehend revanchieren können und den Besserer-Dahlfingens Obdach in dem kleinen Haus in Köthen bieten können, solange sich der Umzug von Berlin nach Neiße hinzog.

Dieses Haus war kein großartiger Besitz, Eichendorff hatte es vor etwas mehr als einem Jahr von einem entfernten Cousin seiner Frau übernommen, nachdem dieser, ebenfalls ein Militär, von Köthen nach Dessau versetzt worden war und nun dort eine Dienstwohnung bezogen hatte. Doch Köthen war nur eine Durchgangsstation, das war allen erwachsenen Bewohnern des Hauses bewusst. Eichendorff könnte die Lebenskosten seiner Familie auf Dauer nicht finanzieren und Therese würde eine so große räumliche Trennung von ihrem Mann wohl kaum hinnehmen, allein schon wegen der Kinder nicht. Das Haus in Köthen, das musste sich Eichendorff leider eingestehen, war ein ziemlich teurer Fehlkauf. Aber immerhin hatte er einem Verwandten aus der Klemme geholfen, auch wenn diese Sichtweise ein sehr spärlicher Trost war.

Inzwischen hatten Eichendorff und Max den Kern der Stadt erreicht, waren in die Lange Straße eingebogen und gingen hier, nördlich des herrlichen Schlosses, direkt auf die Klinik des Doktor Lutze zu. Schon von Weitem war das italienisch anmutende Gebäude, das die umstehenden Bürgerhäuser klar überragte, zu erkennen. Die gotischen Verzierungen und Fensterausschmückungen vermochten es nicht, dem Haus die imposante Wuchtigkeit zu nehmen, die es ausstrahlte. Eichendorff betrat die Klinik, obwohl täglich, stets mit Ehrfurcht vor dem Eifer ihres Erbauers Doktor Lutze, der, zumindest nach Eichendorffs persönlicher Ansicht, bei aller Genialität wohl auch ein bisschen verrückt war.

Mehrmals war er ihm begegnet, wenn auch jedes Mal nur kurz, da sich der Doktor äußerst wenig Zeit für jeden einzelnen Patienten einräumte. Immerhin behandelte er mehrere Tausend Kranke jährlich und lediglich einige davon waren in den spartanischen Krankenzimmern untergebracht – die meisten passierten einen der Krankensäle, wurden, um es mit einem von Malys französischen Einsprengseln zu sagen, gewissermaßen *en masse* kuriert. Der Doktor trug sein schütteres Haar sehr lang, dazu einen üppigen, krausen Bart, welcher sein entrücktes Wesen zu unterstreichen schien. Er gestikulierte beim Sprechen übermäßig stark mit den Händen, wirkte sehr bedacht, was die Verschreibung von Kuren und Medikamenten anging, und hatte überhaupt eine sehr überzeugende Art, die von seinem Vorgänger Hahnemann begründete Homöopathie als alternative, natürliche und deshalb richtige Heilmethode zu verteidigen. Ja, er verteidigte diese Lehre energisch, denn obwohl Eichendorff nichts gegen sie einzuwenden wusste, hatte sich der ehrenwerte Doktor von den Nachfragen des Dichters angegriffen gefühlt und äußerst gereizt reagiert. So war nicht nur das erste Treffen, sondern auch alle übrigen verlaufen, und Eichendorff nahm inzwischen lieber mit einem von Lutzens Assistenten oder einem der vielen niederen Klinikangestellten vorlieb, statt dem offenbar leicht cholerischen Arzt über den Weg zu laufen.

Als Eichendorff und Max das Zimmer in der ersten Etage betraten, saß Louise auf ihrem Bett und blickte gedankenverloren aus dem Fenster. Sowie sie die Eintretenden bemerkte, wandte sie sich ihnen zu und versuchte zu lächeln, doch Eichendorff blieb nicht verborgen, dass sie sich nur um des Jungens willen verstellte. Dieser lief auch sogleich auf seine Großmutter zu, herzte die alte Frau, die ihm zärtlich den schwarzhaarigen, etwas zerzausten Kopf streichelte, und setzte sich auch schon neben sie, um ihr möglich nahe zu sein.

»Wie geht es dir, Großmutter?«, fragte Max und gab sich mit einigen lapidaren Sätzen als Antwort zufrieden, dann war er schon wieder aufgesprungen und inspizierte den Raum, in dem kaum ein Möbelstück stand, derart gründlich, als erforsche er eine noch unentdeckte Insel. Da es allerdings nichts Besonderes zu entdecken gab, lief er bald verdrießlich durch das Zimmer, blieb schließlich vor der Fensterbank stehen und knaupelte heimlich an einem losen Stück Tapete.

Eichendorff hatte inzwischen ebenfalls seine Frau begrüßt, ohne seine Sorge um sie verbergen zu können. »Du siehst erschöpft aus«, stellte er verwundert fest, hatte er sie doch noch am Tag zuvor in bester Stimmung und vor allem in einem vielversprechenden Zustand verlassen. Doch Louise blickte ihn heute aus sehr unruhigen, beinah ängstlichen Augen an. Es schien ihm beinah, als habe sie ein wenig die Orientierung verloren.

»Findest du?«, fragte sie müde und zwang sich erneut zu einem Lächeln. »Das wird diese furchtbare Diät sein, der ich mich seit gestern unterziehen muss. Kein Fleisch, keine Gewürze, keine Kräuter. Alles ist ohne Geschmack.«

Eichendorff lehnte sich, da es keine weitere Sitzmöglichkeit außer dem Bett gab, an einen schmalen Kleiderschrank und sah seine Frau aufmerksam an. »Diese Kur scheint dir nicht sonderlich zu bekommen«, mutmaßte er.

Max, der des Zimmers schon überdrüssig geworden war, rief plötzlich: »Großmutter, ich vermisse dich so sehr!«, worauf Louise ihn an sich zog und heftig küsste.

»Das geht mir genauso, mein Junge!«

Max, der eng an ihre Brust gedrückt war, sodass er kaum etwas hervorbringen konnte, murmelte dunkel: »Dann komm doch einfach mit uns.«

Eichendorff gab dem Jungen einen Klaps auf den Hosenboden. »Na, na, wir wollen doch die Großmutter nicht bei ihrer Genesung stören, nicht wahr?«

Max machte sich von Louise los und nörgelte vor sich hin. Es war ihm anzumerken, dass er von dem unglücklichen Zustand der Großmutter irritiert war und glaubte, einen unlustigen Vormittag verbringen zu müssen. Sicherlich wäre er lieber im heimischen Garten geblieben, ging es Eichendorff durch den Kopf. Er wollte Louise weiter befragen, doch diese schlug stattdessen einen kleinen Spaziergang vor, um etwas frische Luft zu bekommen, wie sie meinte. Während ihr Vorschlag bei Max auf helle Begeisterung stieß und er lauthals forderte, den nahen Schlosspark aufzusuchen, überkamen Eichendorff Zweifel, ob sich seine Frau nicht vielleicht zu viel zumuten würde. Doch diese raffte sich auf, ordnete im Stehen ihr Haar, als läge es durcheinander, und stützte sich auf Eichendorffs Arm. So verließen sie das triste Zimmer und folgten dem Geschrei ihres Enkels, der zum Leidwesen Eichendorffs den Großeltern wieder einmal entwischt war und eine völlig unangebrachte Wildheit an den Tag legte.

»Vielleicht schwächt solch eine Kur den Organismus zuerst, bevor die Stärkung eintritt«, vermutete Eichendorff, um Louise aufzumuntern, aber sie schüttelte energisch den Kopf.

»Das bezweifle ich sehr. Immerhin ist das leider nicht mein erster Klinikaufenthalt. Nein, Joseph, diese vermaledeite Homöopathie wirkt nicht. Man bezahlt ja nur dafür, dass man nichts mehr darf. Aber bekommen tut man nichts, außer vielleicht ein paar Bäder und weitere Verbote. Es ist ein Graus!«

Nun musste Eichendorff doch leise lachen, als er seine misstrauische Frau so sehr Beschwerde führen hörte. »Du vermisst wohl deinen Morgenkaffee?«, witzelte er vertraulich.

»Ach, wenn es das nur wäre! Auf den Kaffee könnte ich getrost verzichten. Aber hier darf ich nicht einmal mehr Tee trinken, angeblich ist er schädlich. Alles ist hier schädlich. Stattdessen gibt es Lutzes speziellen Gesundheitskaffee aus Gerstenmalz und Roggenschrot, in dem aber noch ganz andere Stoffe sind, die mir allesamt auf den Magen schlagen.«

Der Schlosspark breitete sich flach und lauschig vor ihnen aus. Das gealterte Pärchen ging langsam auf den Wegen dahin und hielt von Zeit zu Zeit an, damit sich Louise auf einer der Bänke kurz ausruhen konnte. Gelegentlich tauchte Max wie aus dem Nichts auf, erschreckte den Großvater oder zeigte ihm kleine Funde, ja, führte sogar eine gefangene Fliege vor und war jedes Mal wieder zwischen den Bäumen verschwunden, wenn sein Großvater zu einer rügenden Belehrung ansetzte. Als dieser den kleinen Tunichtgut doch einmal am Arm zu fassen bekam und ihn zu sich auf die Parkbank zog, saß Max mit gespielter Unschuldsmiene neben den Alten, bis diese genug davon hatten, ihn zu ermahnen, er solle Beine und Hände wenigstens für einen Moment stillhalten, und ihn wieder laufen ließen.

»Aber du gehst nicht über die Brücke«, rief Eichendorff dem Jungen hinterher. »Hörst du? Bleib bitte außerhalb des Schlosshofes!«

Schon waren sie wieder allein. Der Park war nahezu menschenleer zu diesen frühen Mittagsstunden. Nur hier und da spazierten vereinzelte Paare oder führten Hausmädchen die Kinder ihrer Herrschaft aus. Ein milder Wind ging durch die Baumkronen und ließ die Blätter rauschen. Eichendorff merkte seiner Frau an, dass noch nicht alles ausgesprochen war, was sie beunruhigte. Er spürte instinktiv, dass es etwas gab, das Louise wesentlich mehr fürchtete als irgendein seltsam zubereiteter Kaffee oder eine sonst wie geartete Diät.

Eichendorff hatte sie damals, im April vor genau vierzig Jahren, gegen den Willen seiner Eltern geheiratet. Wie lang war das schon her! Zu diesem Zeitpunkt, kurz nach der Jahrhundertwende, war sein Vater bereits hoch verschuldet gewesen, hatte zahlreiche drängende Gläubiger auf den Fersen gehabt und gar für ein Jahr das Land verlassen müssen, um seinem endgültigen Bankrott zu entgehen. Woran hatte es gelegen, dass sich der ehrenwerte Adolph von Eichendorff in Breslau, Hamburg und Wien verbergen musste und nur durch neue Bürgschaften und behördliche Verzögerungen vorläufig gerettet worden war? Er hatte sich schlichtweg in großem Umfang verspekuliert und das, obwohl die Familie zuvörderst äußerst gut aufgestellt gewesen war. Doch der alte Baron hatte immer mehr Besitzungen auf Kredit erworben und in einer verhängnisvollen Mischung aus blindem Gottvertrauen, Unwissenheit und – ja, dies musste Eichendorff seinem Vater vorwerfen – Naivität ernsthaft geglaubt, die agrarisch arbeitenden Güter würden trotz des allgemeinen ökonomischen Rückgangs ihren Erwerbspreis zügig erwirtschaften können.

Bald war das böse Erwachen gekommen: Adolph von Eichendorff hatte erkennen müssen, dass seine Söhne Wilhelm und Joseph eines Tages nicht von dem ererbten Familienbesitz würden leben können. Beider Studium der Juristerei war somit nicht nur aus alter Familientradition gewählt worden, sondern auch aus akuter wirtschaftlicher Notwendigkeit. Während andere Söhne aus Großgrundbesitzergeschlechtern kaum ernstlich Wert auf ein akademisches Examen legten und nach ihrer universitären Laufbahn meist eine Bummelfahrt durch die Kulturzentren Europas unternahmen, hatten Wilhelm und Joseph einen ordentlichen Studienabschluss anzustreben, um eine entsprechende Anstellung im Staatsdienst bekleiden und unabhängig vom väterlichen Erbe ihr Auskommen finden zu können.

Doch auch diese bescheidenen Zukunftspläne waren 1808 zerschlagen worden von den herben finanziellen Einbußen, die Adolph von Eichendorff jüngst hatte hinnehmen müssen. Umso dringender versuchte er, über geeignete Eheschließungen seiner Söhne neues Kapital an die Familie Eichendorff zu binden. Louise Anna Viktoria von Larisch war unter diesen Umständen keine besonders gute Partie, da das Vermögen dieser Familie aus Pogrzebin nahe Ratibor bei Weitem nicht ausgereicht hätte, um den Eichendorffs aus ihrer finanziellen Misere zu helfen. Stattdessen spekulierte vor allem Eichendorffs Mutter Karoline, die als geborene Freiin aus dem angesehenen Hause von Kloch den gesellschaftlichen Abstieg ihrer Familie um jeden Preis verhindert wissen wollte, auf eine andere Verbindung. Für Joseph hatte die Mutter eine Ehe mit seiner Cousine Julie Gräfin Hoverden vorgesehen, wodurch neben anderem die ertragreichen Kohlegruben der Hoverdens in Oberschlesien an Eichendorff gefallen wären und das finanzielle Aus hätte verhindert werden können …

Kurz: Die unbeliebte Verlobung Josephs mit Louise wurde auf Lubowitz einfach nicht zur Kenntnis genommen, zu tief war die elterliche Enttäuschung über Eichendorffs Starrsinn. Schon einige Jahre zuvor, als er mit Caroline Pitsch seine erste Liebschaft erlebt hatte, hatten die strengen Eltern diese unvorteilhafte Verbindung eiligst aufgelöst. Damals war der siebzehnjährige Eichendorff zu schwach und zu beeinflussbar gewesen, um sich dem elterlichen Druck zu widersetzen. Später, im Falle Louisens, setzte man einfach darauf, dass Eichendorff sie über die Aufenthalte in Heidelberg und Wien, wo er sein Rechtsstudium abschloss, schlicht vergessen würde. Und tatsächlich hatten sich die Liebenden erst langsam und zögerlich wieder aneinander gewöhnen müssen nach den langen Monaten der Trennung. Doch schließlich hatten sie einander geheiratet, wenige Wochen darauf war ihr erstes Kind, Hermann, geboren worden. Das war im Jahre 1815 gewesen – eine Ewigkeit entfernt.

Seitdem lebten Eichendorff und Louise zusammen. Sie hatten die stets unsicheren und enttäuschenden Jahre des Beamtendaseins Eichendorffs verwunden, in denen er sich ständig vergeblich um eine bessere Anstellung bemüht hatte; sie hatten die Revolutionen von 1830 und jüngst 1848 fernab der unruhigen Städte überstanden, wo sich der Pöbel auf der Straße teils an allem und jedem vergangen hatte. Sie hatten in Danzig gelebt, in Königsberg, Berlin und nun in Köthen – immer in kleinen Verhältnissen, ohne dass Louise je darüber geklagt hätte. Ihnen wurden mit den Jahren fünf Kinder geschenkt, von denen zwei nur wenig älter als ein Jahr geworden waren. In diesem Sommer hatten sie genau vier Jahrzehnte miteinander verbracht und waren darüber alt und anfälliger, nicht aber weniger empfindsam füreinander geworden.

Eichendorff griff nach Louises Hand. Besorgt versuchte er, ihren Blick zu fangen, doch sie senkte still den Kopf und sah auf beider Hände. »Bring mich hier weg«, flüsterte sie tonlos.

Eichendorff war zutiefst beunruhigt. »Aber warum?«, fragte er. »Dies ist eine exklusive Klinik, die erste ihrer Art in ganz Deutschland und wer weiß, vielleicht sogar darüber hinaus. Doktor Lutze mag dir etwas seltsam erscheinen und sein weltvergessenes Auftreten ist auch mir mehr als befremdlich. Aber er gilt nicht nur als der führende Heilpraktiker auf seinem Gebiet, sondern auch als leidlicher Menschenfreund. Denk allein an all die armen Kranken, die er völlig kostenlos in den Sälen seiner Klinik heilt. Und auch dir wird es bald besser sein, sowie die Kur erst anschlägt.«

Louise wog den Kopf leicht hin und her. »Aber es wird dort auch gestorben«, warf sie leise ein.

Eichendorff war für einen Moment irritiert, schnell aber fasste er sich. »Natürlich sterben jene, die Gott zu sich ruft. Der Doktor ist nicht der Wunderheiler, für den sie ihn hier halten. Auch er ist nicht allmächtig. Aber darüber zerbrichst du dir den Kopf? Ich verspreche dir, dass du genesen wirst von deinem Leberleiden. Es gibt keinen Anlass, ernstlich besorgt zu sein. So leicht stirbst du mir nicht weg«, scherzte Eichendorff.

Doch Louise gab sich nicht mit dieser Beschwichtigung zufrieden. »Lass uns weitergehen und nach dem Jungen sehen«, meinte sie schließlich und erhob sich mühselig. »Du verstehst es ja doch nicht.«

Zwischen den beiden herrschte beklommenes Schweigen, als sie Max endlich an der Schlossbrücke antrafen. Wie von ihm verlangt worden war, hatte er den Schlosshof nicht betreten, doch weniger infolge der großväterlichen Ermahnung, als vielmehr wegen des Respekts, den ihm der altehrwürdige Bau einflößte, obwohl er wusste, dass darin mittlerweile keine Fürsten mehr residierten.

Eichendorff, enttäuscht von dem mangelnden Vertrauen seiner Frau in ihn, setzte wohl dem Jungen etwas zu hart zu, als er ihn gehörig über das Verhalten eines angehenden Freiherrn belehrte. »Oder bist du etwa einer dieser Gossenjungen, die weder Vater noch Anstand kennen?«, fragte er erbost, mehr über seinen eigenen Zorn als über den Jungen. Dieser wurde kleinlaut angesichts der ungewohnten Strenge des Großvaters und lief brav und einigermaßen traurig vor den Alten her, die nun den Rückweg antraten.

»Was also ängstigt dich wirklich?«, fragte Eichendorff erneut, doch Louise deutete auf den Jungen und wisperte: »Nicht vor dem Kind.«

So gingen sie dann schweigend dahin, wobei Eichendorff der Weg endlos lang erschien, auch wenn es derselbe war. Als sie an einer Parkbank ausruhten, tat es ihm leid, den Jungen so sehr die Leviten gelesen zu haben, er zupfte ihm spaßhaft die Mütze zurecht, und als Max das Zeichen der Versöhnung erkannte, überkam ihn sogleich wieder die übliche Lebensfreude und er tollte zwischen den Bäumen umher wie eh und je.

Eichendorff und Louise hatten den Spaziergang wieder aufgenommen, und als sie das Ende des Parks erreichten, immer noch in tiefem Schweigen verharrend, hielt Louise Eichendorff plötzlich zurück, bevor dieser mit ihr hinaus auf die Straße treten konnte. »Du willst also wissen, was mir so eine Furcht einjagt, dass ich glaube, ich würde keine weitere Nacht überleben in diesem Haus? Ich möchte nicht allein sterben, umringt von Assistenten des Doktor Lutze, die in diesem Augenblick lieber woanders als bei mir sein wollen. Ich möchte bei dir sein, wenn es so weit ist.« Louise brach in Tränen aus, worauf der überraschte Eichendorff sie gütig in die Arme nahm. »Ich weiß, meine Sorge ist gewiss dumm. Es ist nur, dass meine Zimmernachbarin, die Gräfin von Plötzkau, ganz sicher in der letzten Nacht verstarb und diese Entdeckung mich so unerwartet traf. Noch gestern habe ich mich doch so prächtig mit ihr unterhalten und sie wirkte völlig gesund. Sie erklärte mir noch, dass sie nur sehr leicht erkrankt sei und dass es überhaupt eigentlich eher eine Verstimmung als eine wirkliche Krankheit sei.«

Eichendorff versuchte Louise zu beruhigen, doch umsonst. Sie wollte nichts hören von Fügung und unabsehbaren Krankheitsverläufen und dass sie da sicher einiges durcheinandergebracht hätte. Vielmehr versteifte sie sich, je mehr Eichendorff nach natürlichen und gewöhnlichen Erklärungen für den plötzlichen Tod der Gräfin suchte, immer mehr auf die Theorie, dass es bei eben diesem Ableben nicht mit rechten Dingen zugegangen sei.

»Oder wie erklärst du mir, dass es heißt, sie sei abgereist, obwohl sie mir erst gestern versicherte, sie wolle bis zum Ende der Woche bleiben? Ich sage dir, was geschehen ist. Man hat sie totkuriert und versucht nun, es vor den anderen Kurgästen zu verbergen, um den

Ruf des Instituts zu wahren. Man wird sie stillschweigend auf ihr Gut außerhalb der Stadt bringen und das werden sie mit allen machen, die ihre Kur nicht überleben, dessen sei gewiss, Joseph.«

Eichendorff wollte Louise etwas entgegnen, doch sie hob mahnend den Finger, ihn Ruhe heißend, wie sie es nur selten ihm gegenüber tat. »Wenn dir nur etwas an meinem Seelenfrieden und meiner Gesundheit liegt, dann finde heraus, was mit der Gräfin von Plötzkau passierte und wer sie behandelte, und wenn alles seine Richtigkeit hatte, will ich nichts gesagt haben. Ich getraue mich nicht nachzufragen, denn sonst heißt es noch, ich sei neugierig oder gar besserwisserisch, worauf die Ärzte vielleicht ihren Unmut an mir auslassen. Aber du kannst doch Nachforschungen anstellen, nur ein paar wenige Fragen. Versprichst du mir das?«

Eichendorff wollte etwas erwidern, doch Louise unterbrach ihn. »Da kommt ja endlich mein Max. Jetzt, wo wir wieder die Öffentlichkeit betreten, wollen wir uns aber gefälligst bei der Hand nehmen und artig sein, ja?« Mit diesen Worten griff sie gewandt nach dem Jungen, ehe dieser ihr entwischen konnte, und schritt neben Eichendorff und Max über die Straße auf das Klinikgebäude zu.

III.

Das Zusammentreffen mit Doktor Lutze verlief nicht sehr zufriedenstellend, vor allem, da Eichendorff selbst nicht genau wusste, was er eigentlich von dem Mediziner wissen wollte. In einer schlaflosen Nacht hatte sich Louise einen Floh ins Ohr gesetzt, war ihrer eigenen Fantasie aufgesessen und malte nun den Teufel an die Wand. In ihrer Einfalt verdächtigte sie einen der renommiertesten Mediziner – wenn auch gleichzeitig einen der umstrittensten – des Pfuschs und der Vertuschung. Und Eichendorff sollte auf sie hören, ihre Gehirngespinste weiterflechten, sich zu einem Helfershelfer ihrer Macken machen? Aber da waren Louises Tränen gewesen, die ehrlich und verzweifelt waren. Und dann hörte es sich ja auch tatsächlich merkwürdig an, was sie ihm berichtet hatte. Eine nahezu gesunde Gräfin starb urplötzlich und wurde für abgereist erklärt? Eichendorff kannte die Familie derer von Plötzkau nicht persönlich, doch hatte er schon einiges von dieser gehört, und selbst wenn sie nicht über eine weitverzweigte Nebenlinie mit dem anhaltinischen

Fürstengeschlecht der Askanier verwandt gewesen wäre, würde es doch ein Ding der Unmöglichkeit sein, eine Gräfin zur Verschleierung eines Behandlungsfehlers verschwinden zu lassen. Wer sollte so einfältig sein, dies zu wagen? Um Louise zu beruhigen, aber auch um für sich selbst Gewissheit zu schaffen, hatte sich Eichendorff bis zu des Doktors Arbeitszimmer durchgefragt und begegnete darin wieder dem misstrauischen Arzt, als den er Doktor Lutze in den vergangenen Tagen kennengelernt hatte.

Nun fiel es Eichendorff nicht eben leicht, mit dem umtriebigen Mann ins Gespräch zu kommen, der sichtlich gelangweilt mit dem Studium einer Krankenakte beschäftigt war, die er auf seinem Schreibtisch vor sich ausgebreitet hatte. Gelegentlich fuhr er sich dabei mit der Hand durch den gewaltigen Bart, kräuselte eine Strähne und vermerkte Notizen am Blattrand, doch sah er dabei nicht auf, sodass Eichendorff den Eindruck hatte, überhaupt nicht wahrgenommen zu werden.

Gerade als er mit dem Gedanken spielte, sich unter dem schlechten Vorwand, die entsprechende Angelegenheit sei nicht allzu wichtig gewesen, zu entschuldigen und den Raum doch lieber wieder zu verlassen – es war ja doch nur die Einbildung Louisens an diesem Missverständnis schuld –, blickte ihn Doktor Lutze mit einem Mal mitten ins Gesicht.

»Es geht um Ihre Frau, nicht wahr?«, fragte er unvermittelt. »Eine langwierige Lebererkrankung, die sich nicht so einfach kurieren lässt, wie wir es uns wünschen.« Lutze betonte jedes Wort mit einer selbstbewussten Nachdrücklichkeit, die an pure Arroganz grenzte.

Eichendorff hob unmerklich die Augenbrauen.

»Sehen Sie, wir behandeln nahezu jede Art von körperlichen Leiden, oft auch geistige, und ich darf mit Fug und Recht behaupten, dass wir in dieser Einrichtung wesentlich weitergekommen sind, was den Forschungsstand bezüglich der Methodik anbelangt, als die herkömmliche Medizin es möglicherweise je sein wird. Ihre Frau Gemahlin«, fuhr der Doktor lapidar fort, »wird sich in den kommenden Wochen auf unsere Therapie völlig eingestellt haben und sicherlich vorzüglich genesen. Und bis es so weit sein wird, bitte ich Sie, mich nicht mit Ihren unkundigen Zweifeln infrage zu stellen.«

Unwillkürlich überkam Eichendorff ein spöttisches Lächeln. So einfach war das also! Der Doktor, zufällig auch Hausherr dieser Klinik, glaubte tatsächlich, mit jedermann nach Belieben umspringen und selbst ihn, den Baron von Eichendorff, zurechtweisen zu können – noch dazu auf der Grundlage einer schnöden Unterstellung! Er kniff die Augen zusammen. Damit, Freundchen, sollst du mir nicht durchkommen, dachte er, nicht mit mir!

»Ich habe das vollste Vertrauen in Ihre Behandlungsmethoden«, erklärte Eichendorff, wobei er versuchte, den gelangweilten Tonfall des Doktors möglichst ebenbürtig zu imitieren. »Auch um den Zustand meiner Frau mache ich mir nicht die geringsten Sorgen, weiß ich sie doch in Ihren Händen. Allein die Frau von Plötzkau hatte sich mit mir für heute Vormittag zum gemeinschaftlichen Besuch der Sternenwarte verabredet, und nun musste ich zu meiner Überraschung feststellen, dass sie unseren Termin scheinbar vergessen hat.«

Eichendorff bemerkte, wie Doktor Lutzes Interesse sichtlich gesteigert wurde, kaum war der Name der vermeintlich Toten ausgesprochen. Fast schien es ihm, als sei der Doktor gar etwas blass um die Nase geworden.

»Sicherlich können Sie sich vorstellen, dass ich umso verwirrter war, als ich von einem Ihrer Angestellten erfuhr, dass die Frau Gräfin nicht länger Patientin dieser Klinik, sondern abgereist sei.«

An dieser Stelle ließ Eichendorff eine kleine Pause, um seinen Worten mehr Ausdruck zu verleihen, doch der Doktor lehnte sich in seinem Stuhl zurück, sah den Alten aus angriffslustigen Augen argwöhnisch an und fragte langsam: »Was wollen Sie eigentlich von mir?«

Eichendorff wusste, dass es nun kein Zurück mehr gab. An der Reaktion des Doktors konnte er jedoch ablesen, dass er auf der richtigen Fährte war. Hier war etwas faul! »Ich erbitte mir allerhöflichst Auskunft über den derzeitigen Aufenthaltsort der Gräfin«, forderte er kalt.

Geschwind erhob sich Doktor Lutze aus seinem Stuhl und sah Eichendorff von oben herab an. »Was erlauben Sie sich eigentlich?«, fragte er erbost. »Wie können Sie, indem Sie mich in derselben Angelegenheit zurate ziehen, an der Richtigkeit einer Aussage von einem meiner Assistenten zweifeln? Wir können uns keine Fehldiagnose leisten in diesem Haus. Und wenn es heißt, die verehrte Frau Gräfin sei abgereist, dann ist dem so. Ich hoffe, Sie können mir diesbezüglich folgen. Sollte dies der Fall sein, bitte ich Sie, mich zu entschuldigen. Ich habe noch ein paar Dutzend andere Patienten, die meiner Fürsorge bedürfen.«

Eichendorff wollte dieses Gespräch wahrlich nicht so abrupt beendet wissen, doch fand er keine Möglichkeit, es zu verlängern, und so bedankte er sich für die Bestätigung, bat gespielt um Nachsicht für seine gewiss altersbedingte Gedankenlosigkeit und verließ einen erhitzten Doktor Lutze in dessen Arbeitszimmer.

Vor der Tür wartete Max, der, ganz entgegen seiner Art, brav auf einem bereitgestellten Stuhl verharrt hatte, und der nun neben dem Großvater herging, etwas beleidigt, da dieser ganz in Gedanken versunken war und von dem Enkel keine Notiz zu nehmen schien.

In der Tat war es äußerst merkwürdig, wie sich der Arzt verhalten hatte. Eine Gräfin, noch dazu eine Askanierin, verschwand doch nicht einfach so über Nacht! Bedienstete hätten sie abgeholt, Koffer wären transportiert worden, eine Kutsche wäre vorgefahren. Eine leicht in die Jahre gekommene Frau aus besserem Hause hätte sich an dem allgemeinen Aufsehen, das ihr geräuschvoller Umzug erregt hätte, erfreut. Und vor allem hätte sich eine solche Dame nie die Unschicklichkeit zuschulden kommen lassen, eine andere Dame von einem nur geringfügig niedrigeren Stand wie die Baroness Louise von Eichendorff nicht zum Abschied zu grüßen, vor allem, wo die beiden Frauen offensichtlich bekannt miteinander waren.

Es war einfach unmöglich, dass die Gräfin die Klinik verlassen haben sollte. Zudem hätte auch ihre Abreise aus Köthen nicht unbemerkt bleiben können, da sie nach dem Aussterben der Herzöge von Köthen die ranghöchste Adlige am Platz war – was sollte es also bedeuten, wenn es hieß, dass die Gräfin »abgereist« sei?

Nein, langsam wurde sich Eichendorff sicher, dass es hier nicht mit rechten Dingen zuging. Möglicherweise hatte Louise ja doch recht und die Gräfin war Opfer eines medizinischen Missgeschicks geworden. Doch glaubte Lutze allen Ernstes, durch hartnäckiges Leugnen das Verschwinden einer Adligen kaschieren zu können?

IV.

Der Abschied von Louise fiel sehr verhalten aus. Eichendorff konnte ihre Zweifel nicht zerstreuen, ganz im Gegenteil war auch er von ihnen ergriffen worden. Doch was war zu tun? Er brauchte Sicherheit, denn noch immer befürchtete er, von einer kleinen unbedeutenden Hysterie seiner Frau angesteckt worden zu sein, und wusste nicht, was er von der ganzen Angelegenheit zu halten hatte. Eichendorff wollte nicht übereilt handeln, immerhin konnte sich sein Verdacht gegen den Doktor doch jederzeit als peinliches Missverständnis herausstellen, und so versprach er seiner Frau, sie sofort in das Spital der Barmherzigen Brüder verlegen zu lassen, sollte sich herausstellen, dass die Gräfin von Plötzkau nicht in ihrem Stadthaus in der Ritterstraße anzutreffen wäre.

Die in Aussicht gestellte Verlegung in das Kloster in der Wallstraße beruhigte Louise ein wenig, wenn sie es auch vorgezogen hätte, die unheimliche Klinik des Doktor Lutze sofort zu verlassen. Mit einem müden Gesichtsausdruck küsste sie Max zum Abschied. »Passt gut auf euch auf, ihr zwei«, sagte sie leise und versuchte für ihren Enkel zu lächeln. Während dieser die Bedrückung der Erwachsenen nicht zu bemerken schien, runzelte Eichendorff die Stirn. Was sollte denn schon passieren, weshalb es angebracht wäre, aufzupassen? Vielleicht waren es tatsächlich nur Louisens unruhige Nerven, die ihr einen Streich spielten …

Als sie die Klinik verlassen hatten, zeigte sich Max äußerst überrascht darüber, dass sie nicht, wie er erwartet hatte, den üblichen Heimweg entlang der Langen Straße antraten, sondern dass Eichendorff ihn bei der Hand nahm und nach Süden, am Schloss entlang, in die Innenstadt führte.

»Gehen wir auf den Markt, Großvater?«, fragte er erwartungsvoll, doch dieser verneinte.

»Wir besuchen noch schnell eine gute Bekannte vor dem Mittagessen«, log er kurz angebunden und fügte nach einigem Überlegen schließlich doch noch eine kleine Verwarnung hinzu: »Und dass du dich benimmst, mein Freund! Diese Dame stammt aus einer der bedeutendsten Familien des Herzogtums, die auf eine ruhmreiche Vergangenheit zurückschauen kann. Sie verdient unseren Respekt und gerade von dir das allerbeste Verhalten. Also bemüh' dich bitte darum.«

Der kleine Freiherr begriff sofort, dass es dem Großvater ernst war, und schritt ruhig neben ihm her, wobei sein Blick fest auf die alten Häuser am Straßenrand gerichtet war, in der stillen Hoffnung, irgendetwas Lustiges möge sich im nächsten Augenblick ereignen. Doch nichts dergleichen geschah; die Leute, die er auf der Straße erblickte, waren mit ihrem Tagwerk beschäftigt. Fuhrmänner zogen ihre Handkarren hinter sich her, Laufburschen und Mägde kamen schwer beladen von dem nahen Marktplatz, und aus einer Schmiede in einer der Nebengassen dröhnte der Klang von aufeinanderschlagendem Metall. Noch war es zu früh, um sich dem Müßiggang hinzugeben, und so suchte Maxens Blick die Fenster umsonst nach ausruhenden Gestalten ab, fand noch keine am Straßenrand plaudernden Männer oder sinnend zusammenhockenden Alten. Stattdessen bemerkte er, dass die besser gekleideten Bürger, die weder Karren noch Korb mit sich zu tragen hatten, den Hut vor seinem Großvater zogen und ihn ehrfurchtsvoll grüßten. Max wusste, dass es sich in den wenigen Wochen, die seine Familie in Köthen weilte, längst herumgesprochen hatte, wer da draußen vor dem Magdeburger Tor hauste, und so hatte er sich inzwischen daran gewöhnt, dass die Leute seinen Großvater höflich behandelten, sei es, da sie ihn als Baron achteten oder als Dichter schätzten. Max nahm diese Grüße, die auch ihm zuteilwurden, spöttisch entgegen, Eichendorff aber bemühte sich, alle Aufwartungen freundlich, doch etwas reserviert entgegenzunehmen – er mochte es nicht, als wandelnde Sensation behandelt zu werden.

Längst hatten Eichendorff und Max die Stiftstraße hinter sich gelassen, waren in einem schnellen Schritt über den Schlossplatz geeilt und schließlich in die gleichnamige Straße eingebogen, um von dort aus in die Ritterstraße zu gelangen, wo die Gräfin von Plötzkau logierte, wenn sie sich in Köthen aufhielt.

Johanna Augusta Gräfin von Plötzkau entstammte, wie Eichendorff wusste, einer nicht ganz unbedeutenden Nebenlinie der großen und weitverzweigten Familie der Askanier, die einst die brandenburgische Markgrafschaft, die sächsische Kurfürstenwürde und zahlreiche andere Adelstitel innehatte. Doch das Herrschaftsgebiet der Askanier war durch das Aussterben der bedeutenden Linien und durch Erbteilungen verkleinert wurden, sodass heute nur noch die Familien der Herzöge Leopold IV. Ferdinand von Anhalt-Dessau-Köthen und Alexander Karl von Anhalt-Bernburg existierten. Die Gräfin Augusta von Plötzkau vertrat als eine der letzten Damen einen Nebenzweig der Anhaltiner, der über keine männlichen Nachkommen mehr verfügte. Als »Tante« wohnte sie nach wie vor den großen festlichen Ereignissen des Hauses Anhalt bei, ansonsten aber lebte sie zurückgezogen auf ihrem Gut in Plötzkau oder in einem bescheidenen Stadthaus in Köthen, dies aber selbstverständlich im bevorzugten Viertel der Stadt unweit des Schlosses.

Hier standen die Häuser eng beieinander, waren nur durch schmale Hecken voneinander getrennt und gehörten allesamt den ersten Familien der Stadt. Eichendorff wusste von seinen zahlreichen Spaziergängen, die ihn hierher geführt hatten, und natürlich auch vom

Hörensagen, welches der Gebäude von der Gräfin bewohnt wurde, und als er es zusammen mit Max erreicht hatte, sah er bereits an den verschlossenen Fenstern, dass es zurzeit ungenutzt war. Ein unbeantwortetes Klopfen an der Tür bestätigte seine Vermutung: Die Gräfin war nicht anwesend. Dafür meldete sich eine andere Dame mittleren Alters zu Wort, die von der Vortreppe des Nachbarhauses aus Eichendorff beobachtet hatte und ihn nun ansprach.

»Die Frau von Plötzkau weilt derzeit in dem Gesundheitszentrum des Doktor Lutze«, rief sie über das Gesträuch hinweg. »Und auch die Haushälterin, das Fräulein Murr, werden Sie nicht antreffen. Sie besucht ihre Eltern auf dem Land. Es tut mir leid.«

Eichendorff, den der unerwartete Zwischenruf hatte aufschrecken lassen, bedankte sich mit einem angedeuteten Nicken für diese bereitwillige Auskunft und blieb dennoch etwas ratlos vor der Eingangstür des Hauses stehen. Was nun? Wieder erhärtete sich sein unbequemer Verdacht, dass die Gräfin die Klinik in Wahrheit nie verlassen hatte und möglicherweise irgendeinem Ungemach zum Opfer gefallen sein könnte.

Die Nachbarin war indes auf die unschlüssig Wartenden zugekommen. »Ich bin übrigens Frau Krämpfer, eine gute Freundin der Gräfin.« Damit reichte sie ihre kleine, doch knochige Hand über die niedrige Hecke und ließ sich einen unmodernen Handkuss geben, den Eichendorff ihr etwas amüsiert ob der übertrieben gespielten Eleganz gab. Die Affektiertheit der Frau Krämpfer steigerte sich sogleich, als sich Eichendorff vorstellte. »Ach, der Herr Baron!«, säuselte sie entzückt. »Ich habe schon so viel von Ihnen gehört – und erst gelesen. Mein Gott, welch ein Talent!«

Mit übermütterlicher Aufmerksamkeit wandte sie sich nach diesem Kompliment Max zu, streichelte ihm das schwarze, gewellte Haar und sprach ihn in einer solch kindlichen Weise an, dass es dem Jungen gründlich die Stimmung verdarb, da er sich nicht ernst genommen fühlte.

»Und Sie wollten also die Gräfin besuchen?«, forschte Frau Krämpfer nach. »Davon hat sie mir gar nichts erzählt, die Böse. Wussten Sie denn nicht, dass sie sich derzeit in der Klinik kuriert?«

Eichendorff verneinte. »Es muss wohl ein Missverständnis sein«, erklärte er der Neugierigen. »Vielleicht habe ich mich im Datum vertan.« Höflich deutete er an, sich verabschieden zu wollen, doch Frau Krämpfer, die diese Unterhaltung um keinen Preis so schell beendet wissen wollte, empfahl ihm, doch die Klinik aufzusuchen, wohin sie ihn gern begleiten würde, sollte er den Weg nicht kennen.

»Das wird nicht nötig sein«, wehrte Eichendorff ab und wollte sich vor der fragend dreinblickenden Frau gerade aus der Affäre ziehen, möglichst ohne allzu viel Aufsehen zu erregen, als Max patzig hinzufügte: »Da waren wir nämlich heute schon.«

Frau Krämpfers Gesicht wusste für einen Augenblick nicht, welchen Ausdruck es annehmen sollte. »Aha«, entfuhr es ihr. »Das ist aber merkwürdig.« Doch schon im nächsten Moment hatte sie sich gefangen und fragte argwöhnisch: »Und man konnte Ihnen nicht sagen, wo sie ist? Wenn sie im Park oder in einem der Bäder gewesen wäre, hätte man sie ja immerhin von Ihrem Besuch in Kenntnis setzen können. Also so etwas.«

Max, der es genoss, die ihn so albern behandelnde Frau irritiert zu haben, rief: »Die Gräfin ist doch gar nicht mehr in der Klinik«, denn immerhin das hatte er dem Gespräch seiner Großeltern entnehmen können.

Eichendorff zupfte seinem Enkel nervös am Ärmel. Dieser Junge ruinierte ihm noch alles. Frau Krämpfer aber wusste nicht, was sie von der Äußerung des Kindes halten sollte. Fragend blickte sie Eichendorff an. Dieser kam nun nicht darum, zumindest andeutungsweise zuzugeben, dass er sich in der Klinik umsonst nach der Gräfin von Plötzkau erkundigt hatte.

Frau Krämpfers Reaktion hierauf blieb nicht aus. »Also wie kann denn so etwas sein?«, fragte sie überlaut. »Wie kann denn so ein Filou nicht wissen, wo sich seine bedeutendste Patientin aufhält? Ich habe ihr gleich gesagt, sie solle doch nicht zu so einem Kurpfuscher gehen, der ja doch jeden gleich behandelt – als wären alle Menschen von einem Stand! Also nein! Und jetzt wissen Sie überhaupt nicht, wo sich die Gräfin befindet?«

Eichendorff wusste, dass die entrüstete Anteilnahme, die ihm entgegenkam, nur gespielt war. Er versuchte, die Angelegenheit abzuwiegeln, doch umsonst.

»Man müsste die Landjäger alarmieren!«, rief sie energisch. »Wenn ihr nun etwas zugestoßen ist, stellen Sie sich das einmal vor! Vielleicht hat sie sich den Knöchel verstaucht und sitzt in einem dieser verwinkelten Parks fest. Oder Schlimmeres! Ich mag es mir gar nicht ausmalen!«

Eichendorff musste nun schnell handeln, um die Frau zu beruhigen. Nichts könnte ihn mehr stören bei seinen kleinen Nachforschungen als eine voreilig herbeigerufene Landjägerschaft. Sofort erklärte er, die Klinik noch einmal aufzusuchen und im Falle einer anhaltenden Abwesenheit der Gräfin die Landjäger persönlich darüber in Kenntnis zu setzen. »Vielleicht habe ich Frau von Plötzkau vorhin auch nur um einen Moment verpasst oder man wollte mich an der Nase herumführen, wer weiß. Aber ich denke, es klärt sich alles in wenigen Augenblicken auf. Ich danke Ihnen jedenfalls für Ihre herzlichen Bemühungen.«

Frau Krämpfer gab sich mit Eichendorffs Erklärung nicht zufrieden, er konnte es in ihrem Gesicht ablesen. Zu gern hätte sie sich selbst eingebracht und, wie Eichendorff vermutete, wichtiggetan. Da er seine Absichten jedoch mit Nachdruck vorgebracht hatte, blieb Frau Krämpfer nichts weiter übrig, als sich zu fügen. Sie nahm den Dank des Barons entgegen, knickste leicht zur Verabschiedung und ging, nachdem sie sich von Eichendorffs Aufbruch überzeugt hatte, zu ihrem Haus zurück.

Doch kaum hatten Eichendorff und Max die Ritterstraße hinter sich gelassen, hielt der Dichter abrupt an. Max verstand nicht. Was wollten sie denn hier auf dem Brauhausplatz im Osten des Stadtzentrums, wo doch die Klinik im Norden lag?

Eichendorff hockte sich vor seinem Enkel hin. Er blickte ihm direkt in das offene Knabengesicht, das ihn erwartungsvoll ansah. Der Junge hatte ihn in seiner Ahnungslosigkeit beinah verraten vor dieser neugierigen Person – er könnte darüber erbost sein, aber so waren nun einmal Kinder. Wie sollte er es denn auch wissen? Und

Max musste ihm in dieser Stunde helfen, er brauchte ihn für etwas, was er noch nie von seinem Enkel verlangt hatte.

»Ich möchte, dass du zurück zum Haus der Gräfin von Plötzkau gehst«, sagte Eichendorff mit bestimmter Miene, »und dort versuchst, vielleicht an der Rückseite ein offenes Fenster zu finden.« Dem Gesicht des Jungen las Eichendorff eine wachsende Abenteuerlust ab, die seine wenigen Worte entfacht hatten. »Du sollst in das Aufenthaltszimmer der Dame gehen, das sich sicherlich im Parterre des Hauses befindet. Und dort suchst du auf dem Schreibtisch, auf der Chaiselongue oder auf einem der Beistelltische, die du in diesem Zimmer bestimmt finden wirst, nach irgendwelchen Unterlagen. Entscheide selbst, was dir wichtig erscheint, und bringe es mit.«

Der Junge brannte regelrecht darauf, in das Haus einzudringen, wie es sein Großvater von ihm forderte. Er konnte sein Glück gar nicht fassen, denn nicht nur, dass er noch nie ein Gebäude unerlaubt betreten hatte oder gar durch das Fenster eingestiegen war – sein Großvater hieß eine solche Tat auch noch gut! Eichendorff bemerkte die eifrige Ungeduld des Jungen und fuhr sich nachdenklich über das Kinn.

»Aber das Wichtigste dabei ist«, erklärte er und hob dabei mahnend den Zeigefinger, »dass du dich nicht erwischen lässt. Niemand darf dich bemerken, auch nicht Frau Krämpfer oder ein anderer Nachbar. Also nähere dich dem Anwesen unauffällig, um in einem geeigneten Moment sogleich in den Vorgarten zu springen. Dann musst du dich hinter die Hecke bücken und an ihr entlang hinter das Haus schleichen. Und dann ...«

Max hielt die Spannung nicht mehr aus. »Ich weiß schon, Großvater. Mach dir keine Sorgen«, sprudelte es überschwänglich aus ihm heraus.

Eichendorff war sich nicht sicher. Verlangte er da von dem jungen Heißsporn nicht etwas zu viel? Aber der Junge griff schnell nach der Hand des Alten, streichelte sie ihm beruhigend, wenn auch flüchtig, und trat, nachdem Eichendorff ihm schließlich ermunternd zugelächelt hatte, auf die Ritterstraße hinaus. »Ich warte hier auf dich!«, raunte ihm Eichendorff hinterher. »Und sieh zu, dass du nichts kaputtmachst!«

Und schon war Max verschwunden. Eichendorff blieb nichts anderes übrig, als den Dingen ihren Lauf zu lassen und auf die Rückkehr des Jungen zu warten. Aber hatte er ihm nicht zu viel zugemutet? Konnte er eine solche Aufgabe von einem Zehnjährigen verlangen? Je länger Eichendorff unruhig über den Brauhausplatz schritt und die immer gleichen Runden drehte, desto unsicherer wurde er, ob die Entscheidung, Max zurück zum Haus der Gräfin zu schicken, eine weise gewesen ist. Wenn ihn irgendjemand bemerkte, würde das unweigerlich auf Eichendorff zurückfallen, so viel war sicher. Er wäre in Köthen unmöglich gemacht, ebenso die Familie seiner Tochter. Was er sich da alles an Vorwürfen anhören dürfte! Nein, Max durfte sich auf keinen Fall erwischen lassen – würde er umsichtig genug sein können?

Aber verzweifelte Situationen erfordern eben auch entsprechende Maßnahmen, dachte Eichendorff. Insofern war sein Eingreifen gerechtfertigt, dachte der Alte, während er sich beunruhigt durch das schlohweiße Haar fuhr. Ja, aber waren das denn solch brisante Umstände, wie er es sich ausmalte? Eine Person war für einen Moment unauffindbar, doch entschuldigte dies einen Einbruch in ihr Haus? Aufgewühlt schritt Eichendorff über den Platz. Einbruch war kein Kavaliersdelikt! Max, du darfst dich nicht erwischen lassen! Nicht einmal sehen darf man dich!

Offene Kutschen passierten den Brauhausplatz, Eichendorff musste immer wieder anderen Passanten ausweichen, die er nicht kannte und die ihn trotzdem ehrfurchtsvoll grüßten. Er vernahm das aufgeregte Plaudern der Damen, das sogleich einsetzte, wenn sie dem Dichter den Rücken zugewandt hatten. Ja, es fiel ihm in der Tat schwer, möglichst unauffällig an diesem Ort zu verweilen, ohne Aufsehen zu erregen. Vielleicht war es auch gar nicht Max, der den gefährlicheren Part in diesem Spiel übernommen hatte, sondern er, der Bekannte, der unbemerkt sein wollte. Aus lauter Verzweiflung überquerte Eichendorff schließlich den ganzen Platz, trat auf die Lindenstraße im Norden, um ein paar Häuser weiter wieder in die

Hopfengasse einzubiegen, die ihn wieder auf das Ende der Ritterstraße führte, gerade weit genug vom Haus der Gräfin entfernt, um deren neugierige Nachbarin nicht in das Blickfeld zu geraten. Eichendorff bemühte sich, in einem angemessenen Tempo den gesamten Weg hinter sich zu bringen und doch hatte er den Eindruck, zu hasten. Die Ritterstraße lag ruhig. Kein Aufruhr, keine Landwehr. Nichts deutete darauf hin, dass Max geschnappt worden wäre. Waren seine Befürchtungen unbegründet?

Als er den Brauhausplatz erneut erreicht hatte, wartete dort zu seiner Verwunderung bereits Max mit freudestrahlendem Gesicht. Eichendorff, der seine Erleichterung kaum unterdrücken konnte, umarmte den Jungen freudig und ging mit ihm schnell weiter, um nur keine Aufmerksamkeit auf sich zu lenken. Diesmal schlugen sie den Weg nach Süden, in Richtung des Holzmarktes, ein.

Eichendorff hatte natürlich sofort die Schrammen auf der Wange seines Enkels bemerkt, und als er wissbegierig danach fragte, lächelte ihn Max schelmisch an. »Ich fange erst einmal ganz von vorn an, Großvater«, erklärte er keck. »Ich bin die Straße entlanggegangen und habe ein kleines Lied gepfiffen, damit alles ganz normal aussieht. Wie du gesagt hast, habe ich achtgegeben, dass mich niemand dabei beobachtet, und als ich kurz vor dem Grundstück der Gräfin war, habe ich mich umgesehen, natürlich verborgen, und bin dann zwischen den Sträuchern in den Vorgarten gehechtet.«

»Und dabei hast du dir das Gesicht zerkratzt?«, fragte Eichendorff anteilnehmend.

Aber Max runzelte die Stirn. »Nicht doch, ich passe doch auf! Da war so ein anderer Junge ...«

Eichendorff traute seinen Ohren nicht. »Wie bitte?«, entfuhr es ihm.

»Ja, ein anderer, so ein dreckiges Bettlerkind mit ganz abgerissener Kleidung. Der Bube sah sich im hinteren Garten um, scheinbar suchte er etwas zu essen.«

»Hat er dich gesehen?«, fragte Eichendorff tonlos. Wenn Max beobachtet worden wäre, wie er in das Haus eingedrungen war – die Folgen wären unvorstellbar!

»Natürlich!«, prahlte Max hingegen ungerührt. »Und weißt du was? Obwohl er größer als ich war, hab ich ihn so verprügelt, dass er das Feld geräumt hat. Hier, sieh einmal die Kratzer. Das ist noch gar nichts gegen die Schläge, die er einstecken musste!«

Max bemerkte das besorgte Gesicht seines Großvaters, der entsetzt aufstöhnte. »Aber sei beruhigt«, fügte er beruhigend hinzu, »alles trug sich ziemlich lautlos zu. Ich habe nicht einmal meinen Indianerschrei ausgestoßen, obwohl ich es schon gern wollte. Aber ich wusste ja, dass das zu auffällig gewesen wäre.«

Eichendorff lächelte gezwungen. Was war das nur für ein Junge!

Der Holzmarkt, den sie inzwischen erreicht hatten, lag völlig leer vor ihnen. Es war hier kein Markttag und so trollten sich nur einige Handwerksburschen auf dem Platz herum, sie feixten übereinander und über die vorbeieilenden Mägde und hatten allem Anschein nach bereits einiges an Alkohol getrunken. Eichendorff schlug von hier aus den Weg nach Westen ein, woher schon der Lärm der Markthändler tönte, die lauthals ihre Waren anpriesen.

»Aber bist du denn nun in das Haus gekommen?«, fragte Eichendorff drängend, nachdem sie den Holzmarkt hinter sich gelassen hatten.

»Na selbstverständlich!«, tat Max groß. »Die Fenster waren zwar allesamt verschlossen, ebenso wie an der Vorderseite. Aber die Tür zum Garten stand einen Spalt weit offen.«

Der Alte horchte auf. »Wie? Die Türe stand offen? Sollte die Gräfin eine solch nachlässige Haushälterin haben?«

Max schüttelte energisch den Kopf. »Ich glaube nicht, dass es die Haushälterin gewesen ist. Die Tür war nämlich aufgebrochen worden. Ich habe es genau gesehen. Das Holz über dem Türschloss war völlig ramponiert.«

Nun überraschte diese Erkenntnis den Dichter doch über alle Maßen. Zwar hatte er sich keine konkrete Vorstellung darüber gemacht, was sein Enkel wohl im Haus der Gräfin vorfinden würde, doch dass bereits jemand anderes dort eingedrungen sein könnte, hatte er überhaupt nicht in Betracht gezogen.

»Ich fand das Wohnzimmer gleich hinter dem Wintergarten, in dem ein kleiner Blumentopf mit einer Palme darin umgestürzt war«, fuhr Max fort. »Überall lag Erde auf dem Boden herum. Im Wohnzimmer aber hatte alles seine beste Ordnung. Doch viel Papier habe ich nicht gefunden. Die Schreibtischauflage war leer und auf dem einzigen kleinen Sofa, das sich in diesem Zimmer befand, lag nur eine Rechnung über ein paar Lebensmittel.«

Diese Aussage enttäuschte Eichendorff. »Hast du auch in dem Schreibtisch nachgesehen?«, hakte er nach, doch vergeblich. Max hatte die einzelnen Schubladen des Möbelstücks verschlossen vorgefunden und nicht öffnen können. Sein kleiner Einbruch schien erfolglos verlaufen zu sein. Trübsinnig ging Eichendorff auf den Markt zu. Dass es sich bei dem Verschwinden der Gräfin um eine Unregelmäßigkeit, wenn nicht gar ein Verbrechen handeln musste, hatte die aufgebrochene Gartentür bewiesen. Der umgestürzte Pflanzenkübel, den Max erwähnt hatte, deutet auf die Unachtsamkeit des Täters hin oder darauf, dass seine Tat bemerkt werden sollte. Immerhin schien er sich auch äußerst grob an der Gartentür zu schaffen gemacht zu haben. Aber im Aufenthaltszimmer der Gräfin selbst hatte er keinerlei Spuren hinterlassen. Sollte man also das Haus durch den Haupteingang betreten und den Wintergarten unbeachtet lassen, fiele der Einbruch überhaupt nicht auf. Somit konnte von einem absichtlichen Spurenlegen keine Rede sein. Der Einbrecher war entweder gedankenlos gewesen oder auf frischer Tat ertappt worden, sodass seine übereilte Flucht ein Beseitigen der Spuren unmöglich gemacht hatte. Doch um wen handelte es sich bei dem Täter? Um einen Handlanger des Doktors oder gar um ihn selbst? Und was hatte er im Haus der Gräfin gesucht?

Während Eichendorff einigermaßen verstimmt durch das bunte Treiben der Händler auf dem Markt ging, grinste Max siegessicher über das ganze Gesicht. »Großvater, da ist noch etwas«, sagte er und kostete dabei jeden Moment seines kommenden Triumphes aus. »Auf dem Schreibtisch lag nämlich die Brieftasche der Gräfin«, ergänzte er langsam, der uneingeschränkten Aufmerksamkeit seines Großvaters gewiss.

»Ja, und?«, rief dieser aufgebracht. »Was war mit ihr?«

»Nichts«, entgegnete der Junge schalkhaft. »Sie war leer.«

»Seltsam«, sinnierte Eichendorff.

Nun aber löste sich doch endlich die Zunge des Enkels und in kindlichem Übermut berichtete er, dass auch ihm gerade dieser Umstand sehr merkwürdig vorgekommen war. »Immerhin schreibt doch eine Gräfin auch gelegentlich etwas und bekommt Antwort. Und du sagtest ja, dass ich nach allem suchen solle, was mir sonderbar erschiene.« So hatte sich der Junge also nach Briefen umgesehen, aber zu seinem Erstaunen festgestellt, dass sich im gesamten Arbeitszimmer der Dame kein einziger hatte auftreiben lassen: nicht in der Brieftasche, nicht zwischen den Büchern im Regal und auch nicht zwischen den Sofakissen. Nicht einmal in dem Esszimmer, wo er selbst zu Hause am liebsten las. Sicherlich hätte er auch gern noch den Nachttisch der Gräfin nach Briefen untersucht, doch kam ihm das abgedunkelte Schlafzimmer gruselig vor, weshalb er sich nicht hineingewagt hatte.

»Aber trotzdem habe ich dir etwas mitgebracht!«, resümierte Max überglücklich und zog einen zerknitterten Bogen Papier unter seinem Rock hervor. »Et voilà!«, rief er wie ein Zirkusdirektor aus und übergab seinem Großvater das Blatt.

»Das habe ich *unter* der Schreibtischauflage gefunden«, erklärte Max erregt und erkannte am Gesicht Eichendorffs, das dies genau das war, worauf der Alte gehofft hatte: etwas Merkwürdiges.

Tatsächlich erkannte Eichendorff sofort, worum es sich bei diesem Schreiben handelte. Unter der Auflage hatte die Gräfin einen begonnenen Brief aufbewahrt, der noch längst nicht vollendet war, kaum mehr als zwei Grußzeilen umfasste und doch von einigem Interesse für den Dichter war: Obenauf hatte die Dame den Adressaten benannt, einen gewissen Andreas Klein, wohnhaft im *Kronprinzen von Preußen*, Halle.

Die Gräfin unterhielt also Kontakt zu einem Eichendorff unbekannten Mann, der in Halle lebte. Seine Wohnsituation entsprach nicht der eines heimischen Bürgers, vielmehr haftete ihr eine gewisse Endlichkeit an, als sei dieser Klein ein reisender Händler oder ein

Gast aus einem anderen deutschen Staat. Doch aus welchem Grunde sollte die Gräfin Augusta von Plötzkau zu einer solchen Person Kontakt aufgenommen oder unterhalten haben? Und war diese rätselhafte Erscheinung nicht vielleicht am Ende der Einbrecher, der seine eigenen Briefe entwendet hatte, um bei den bald anlaufenden Ermittlungen um die verschwundene Gräfin den Verdacht von sich abzulenken?

Bei diesem Gedanken aber blieb Eichendorff verwirrt stehen. Was sollte dies alles bedeuten? Gerade noch hatte er Doktor Lutze des Mordes – ja, nichts weniger – an der Gräfin und der darauffolgenden Beiseiteschaffung ihrer sterblichen Überreste verdächtigt. Und nun war dieser Unbekannte hinzugekommen; jemand war in das Stadthaus der Gräfin eingedrungen, hatte einen Blumentopf zertreten und ihre Korrespondenz entwendet – und der Name eines Andreas Klein war aufgetaucht, der sich möglicherweise als Einbrecher betätigt hatte, vielleicht aber auch nur zufällig ins Gespräch gekommen war.

Dies waren zu viele Aspekte für einen klaren Gedankengang. Zu viele Möglichkeiten und waghalsige Vermutungen ergaben sich aus dem wirren Konstrukt, an dem Eichendorff knobelte. Er würde nach Hause gehen müssen und bei einer milden Tasse Tee seine Überlegungen sorgfältig sortieren.

Doch Max sah seinen Großvater erwartungsvoll an. Als dieser sich seines Enkels besann und des großen Dienstes, den sein kleiner Liebling vollbracht hatte, herzte er Max auf offener Straße und wandte sich anschließend gelassen plaudernd dem Magdeburger Tor zu. Der Kopf müsste ihm erst einmal frei werden, bevor er sich an das weitere Grübeln heranwagte. Es wollte schließlich alles wohl durchdacht sein und gerade in seinem Alter, in dem er auf ein langes, abwechslungsreiches Leben in der Realität sowie in der Literatur zurückblicken konnte und dadurch wusste, dass nahezu alles möglich war, bedurfte es zuerst einer reiflichen Überlegung, bevor er nach neuen Ansatzpunkten forschte.

V.

Im »Haus in Rosen«, wie Eichendorffs Domizil in Köthen aufgrund der umrankten Säulen im Eingangsbereich von den Bürgern der Stadt genannt wurde, war es still, als Eichendorff und Max es betraten. Niemand reagierte, nachdem Eichendorff wie gewohnt nach Maly gerufen hatte, und auch Max, der eilig durch die Zimmer im Parterre und auch die Treppe hinauf unter das Dach lief, fand keine Menschenseele vor. Das Haus war offensichtlich verlassen worden.

Nun, sicherlich waren die Kinder mit Maly spazieren gegangen, immerhin bot sich die Nähe zur Fasanerie förmlich an, durchstreift zu werden. Doch Max konnte die häusliche Ruhe, an der sich sein Großvater erfreute, nicht genießen. Zu sehr brannte es ihn ihm, seinen Schwestern, vor allem aber dem älteren Bruder Otto, von seinem vormittäglichen Abenteuer zu berichten. Und nun waren sie einfach ausgegangen!

Missmutig zog er sich in sein Zimmer zurück, wo er das Erlebte wenigstens aufzeichnen wollte, während Eichendorff die Gemütlichkeit des Gartenhäuschens vorzog, um nun endlich einmal ganz zur Besinnung zu kommen und die jüngsten Ereignisse in einen logischen Zusammenhang zu bringen. Doch schon nach wenigen Schritten durch die Wiese vernahm er das freudige Geschrei zweier Mädchen, und als er sich dem Gartenhäuschen langsam näherte – immerhin hatte er, der den Spazierstock nicht abgelegt hatte, einhändig eine Teetasse zu balancieren –, machte er Anna und die kleine Helena mit dem Reifen im Gras spielend aus, während Otto auf der Gartenbank vor dem Haus saß, hin und wieder den Blick von seiner Lektüre hob und fürsorglich nach den Spielenden sah. Er war es denn auch, der Eichendorff zuerst erblickte, sich sogleich erhob und ihn freundlich begrüßte. Helena aber tapste unbeholfen über den unebenen Boden auf ihren Großvater zu, fiel einmal hin und rappelte sich tapfer wieder auf, um ihm anschließend etwas ungelenk das Bein zu umarmen. Nur Anna hielt sich zurück und begegnete dem alten Mann zwar höflich, doch verlegen wie so häufig in letzter Zeit, wenn er ihr zu forschend in die Augen spähte.

Otto nahm Eichendorff sogleich die Teetasse ab und bot dem Alten den Arm an, was dieser jedoch eitel ablehnte. Gemeinsam strebten sie nach der Bank und Eichendorff konnte es sich nicht verkneifen, nach Maly zu fragen.

»Sie ist zum Markt aus«, gab Otto unbeschwert zur Antwort. »Irgendetwas hat ihr noch gefehlt in der Küche. Aber ich denke ja, sie suchte nur nach neuem Naschkram.«

Helena kicherte.

»Ist sie denn schon lange fort?«, wollte Eichendorff wissen, denn er schätzte es nicht besonders, wenn die Kinder allein im Haus und sich selbst überlassen waren. Otto bejahte Eichendorffs Frage, worauf dieser etwas verdrießlich seinen Tee trank, denn statt zur Ruhe kommen zu können, sah er sich nun von den Kindern umringt, die er ja nun doch nicht einfach wegschicken mochte. Immerhin hatten sie doch ein Recht auf ihren Großvater und lagen diesem auch sehr am Herzen.

Gerade wollte sich Eichendorff nach den Befindlichkeiten der einzelnen Kinder erkundigen, als Max zu der kleinen Gesellschaft stieß. Aufgeregt war er durch den Garten gestoben und rief schon von Weitem: »Die Maly ist da! Und auch noch gekutscht!«

Eichendorff belustigte dieser Ausruf, doch die Kinder brachte er völlig durcheinander. Maly, die Dienstbotin, fuhr mit der Kutsche vor? Max, Otto und selbst die zurückhaltende Anna eilten auf das Haus zu, während Helena, die schnell zurückblieb, wieder über den leicht gewellten Rasen stolperte, diesmal dem Weinen nahe war und sich nur zu bereitwillig von ihrem Großvater aufhelfen ließ, der sie mit sich nahm und den anderen langsamen Schrittes folgte.

Tatsächlich stand vor dem Haus der Eichendorffs ein Einspänner, dem Maly bereits entstiegen war und von dem der Kutscher zwei Körbe voll Lebensmittel herunterwuchtete, wobei Maly aufgeregt um ihn herum lief und ihn ein um das andere Mal anging, teils freundlich, teils so hysterisch, dass Eichendorff ahnte, dass sich das Gespräch der beiden unmöglich nur um die Lebensmittel drehen konnte, die möglichst unbeschadet die Küche erreichen sollten. Beim näheren Betrachten stellte Eichendorff fest, dass es sich bei dem Kutscher um den Wildhüter der Fasanerie handelte, Jürgen Schmitt, der draußen in einem der Häuschen bei dem Gasthof *Zum bunten Fasan* lebte und der gelegentlich die Kinder und Maly mitnahm in sein dicht bewaldetes Territorium.

Als Eichendorff sich seiner Angestellten näherte, war diese bereits von den Kindern umringt, die neugierig die Körbe untersuchten, während Maly ihnen gelegentlich einen Klaps auf die Hände gab mit dem Verweis, dass nicht genascht würde. Kaum hatte sie jedoch Eichendorff erblickt, trat sie nervös auf ihn zu. »Mon dieu, bin ich froh, Sie hier anzutreffen!«, rief sie händeringend aus, worauf Eichendorff überrascht eine Braue hob.

»Nun, wo sollte ich sonst sein? Ich wohne hier.«

»Ja, ja, aber wo Sie doch in der Stadt waren ...«

»Ebenso wie Sie, nur mit dem Unterschied, dass ich Sie von meinen Plänen in Kenntnis gesetzt hatte«, entgegnete Eichendorff bestimmt.

Diese wenigen, scharfen Worte trafen Maly mit voller Wucht. Die energische Frau verzog das Gesicht, stemmte die Fäuste in die

Hüfte und erklärte resolut: »Also Sie wissen aber schon, dass heute Markttag ist, oder? Und dass ich an jedem zweiten davon in die Stadt gehe und Besorgungen erledige, dürfte Ihnen doch auch bekannt sein. Immerhin wohnen wir doch nicht erst seit gestern hier.«

Da fiel es Eichendorff wieder ein. Natürlich, der Markttag! Therese hatte diese kleine Vereinbarung mit Maly getroffen, um die Finanzen und auch die Kinderbetreuung besser überschauen zu können. Maly hatte sich am Anfang geweigert, auf den Vorschlag von Eichendorffs Tochter einzugehen, bedeutete er doch, dass sie den gesamten Einkauf an einem einzigen Vormittag in der Woche bestreiten und vor allem, dass sie ihn auch in einem Zug nach Hause transportieren musste. Aber schließlich hatte sie sich gefügt, nachdem sich abzeichnete, dass sie über Otto frei verfügen konnte und ihn somit oft für die gröberen Anschaffungen zu den Bauern vor der Stadt schickte – wie konnte Eichendorff nur den Markttag vergessen haben!

Aber da fiel ihm etwas auf. »Hätte ich Sie nicht bemerken müssen, als ich über den Markt ging?«

Jetzt lachte Maly schallend auf. »Ja, natürlich hätten Sie das! Aber Sie waren ja so in Gedanken versunken und mit unserem kleinen Freiherrn beschäftigt, dass Sie mich weder sahen noch hörten. Ja wirklich, ich habe sogar nach Ihnen gerufen. Na, ich will's Ihnen mal nicht nachtragen«, meinte sie gönnerhaft. »Immerhin haben Sie den Tumult in den Straßen ja auch nicht zur Kenntnis genommen, und das ist schon eine Leistung.«

Fragend sah Eichendorff seine Haushälterin an, doch diese winkte mit der groben Hand ab. »Alles zu seiner Zeit. Jetzt wollen wir erst einmal die Körbe hineintragen – Otto, hilf doch dem Herrn Schmitt gefälligst. Wir wollen ihn doch wenigstens auf eine Tasse Kaffee hereinbitten, wo er uns doch den ganzen Einkauf hierher gefahren hat.«

Der Hüter tat verlegen, wusste nicht so recht, ob er die indirekte Einladung annehmen durfte, und war besonders gegenüber Eichendorff, dem Hausherrn, unangenehm berührt ob der Bestimmtheit Malys. Da es für Eichendorff allerdings keinen Grund gab, seiner

Haushälterin zu widersprechen und sich die gesamte Familie der tonangebenden Maly bereitwillig zu beugen schien, schloss sich Schmitt der Gruppe an, die sogleich die Küche des Hauses aufsuchte.

Dort gab es schließlich nichts Spannenderes als Malys Erzählung von ihrem Marktbesuch, der eigentlich wie so viele andere begonnen hatte, nämlich mit der Feststellung, dass sie die Kinder unter Ottos Obhut zurücklassen musste, da sich Eichendorff einfach nicht einfinden wollte. Maly war mit dem Vorsatz aufgebrochen, nicht allzu lange in der Stadt zu verweilen, hatte sich geschwind zwischen den Ständen durchgearbeitet und tatsächlich auch den alten Dichter samt Enkel gesehen, ihn auch gerufen, doch keiner von beiden hatte reagiert.

Kurze Zeit später, als sie schon beinah alle benötigten Sachen beisammen und inzwischen recht schwer zu tragen hatte, kam eine Gruppe Berittener über den Markt geprescht, offensichtlich die Landjägerschaft. Und das war ja nun doch nicht alltäglich! Also war Maly nicht auf dem direkten Weg in die Vorstadt aufgebrochen, sondern hatte sich erst in der Wallstraße bei Frau Naumann, der alten Klatschbase, die alles wusste, über diese Furore informiert. Dann waren noch Frau Ebert und die Frau vom Fleischer in der Bergstraße hinzugekommen, deren Namen Maly immer vergaß, und jede steuerte ihren Teil bei, sodass Eichendorffs Haushälterin schließlich genau wusste, was sich in der Stadt so Ungeheuerliches zugetragen hatte, dass die Landjäger ausreiten mussten.

Und zwar hatte Agnes Helene Krämpfer, die eine wohlverdiente und zu Recht angesehene Frau sei, ihren Neffen, der bei den Landjägern als Major dient, darüber informiert, dass sie den berechtigten Verdacht hege, der Frau Gräfin Augusta von Plötzkau sei etwas zugestoßen. Daraufhin hatte sich der nämliche Major in der Lutze-Klinik erkundigt, weil die Gräfin dort zuletzt gesehen worden sei, und hatte, da der Doktor keine Auskunft geben konnte, das Gebäude durchsuchen lassen. Man stelle sich nun die Überraschung vor, als die Jäger die Gräfin endlich in dem Kellergewölbe der Klinik fanden – erstochen und tot! Der Doktor war selbstverständlich festgenommen und zusammen mit der Leiche in das Schloss überführt worden.

»Und nun glauben Sie doch nicht etwa, dass der Arzt der Mörder gewesen sei!«, fragte Maly in die ihr gebannt lauschende Runde. »Frau Ebert weiß aus ganz sicherer Quelle, dass sich unter den persönlichen Sachen der Gräfin einige feurige Briefe fanden, und zwar von einem jugendlichen Liebhaber.« Maly nickte nachdrücklich. »Ja. Einer von auswärts. Die Landjäger fahnden nach ihm, aber da er sich außerhalb des Herzogtums aufhält, muss erst auf diplomatischem Wege das Einverständnis zum Einfall über die Grenze eingeholt werden. So eine Zeitverschwendung!«, stieß Maly entrüstet aus.

»Was ist denn ein Liebhaber?«, fragte die kleine Helena und sah Maly gespannt an. Diese rang nach Worten, bemerkte Eichendorffs vorwurfsvollen Blick und rührte verlegen in ihrer Tasse.

Eichendorff sah sich in der Verantwortung, wusste jedoch nicht, was er der Dreijährigen sagen sollte, und entgegnete schließlich: »Ein Liebhaber ist, gewissermaßen, ein sehr guter Freund von jemandem.«

Helena hob den Kopf zum Zeichen des Verstehens, doch Eichendorff beachtete es kaum, denn diese kleine Unannehmlichkeit hatte ihn nur für kurze Zeit irritieren können. Viel mehr interessierten ihn jedoch die Vorgänge, die sich in Köthen ereignet hatten.

»Und sind die Jäger bereits aufgebrochen?«, fragte er Maly, die energisch mit den Schultern zuckte.

»Woher soll ich das wissen?«, fragte sie gekränkt. »Denken Sie, ich habe nichts weiter zu tun, als den lieben langen Tag am Straßenrand Maulaffen zu halten? Ich musste nach Haus! Wegen Ihnen waren ja die Kinder allein. Zum Glück bot mir Herr Schmitt hier freundlicherweise einen Platz in seiner Kutsche an, da konnte ich wenigstens ein wenig Zeit wiedergutmachen.«

Der gerade Gelobte blickte unsicher auf den Tisch, während sich alle Blicke auf ihn konzentrierten. Max beendete das peinliche Schweigen und fragte nach den Uniformen der Landjäger, und wie schnell sie denn nun geritten seien, und löste damit einen wahren Ansturm von Fragen aus, mit denen die Kinder Maly überhäuften, die sich nur schwer Gehör verschaffen konnte, um anschließend ausschweifend von den Ereignissen zu berichten.

Eichendorff aber versank in tiefer Grübelei. Die verdammte Krämpfer hatte sich also doch an die Ordnungskräfte gewandt. Dieses geschwätzige Weibsstück! Aber immerhin hatte sich dadurch einiges geklärt. Die Gräfin war also tatsächlich tot und der Doktor stand offensichtlich unter dringendem Tatverdacht. Doch scheinbar war man noch zu keinem eindeutigen Ergebnis gekommen und ermittelte stattdessen in alle Richtungen, wobei auch die Spur nach Halle, zu Andreas Klein, entdeckt worden war, denn um niemand anderes konnte es sich bei dem geheimnisvollen Liebhaber der Gräfin handeln. Es würde nur eine Frage von Stunden sein, bis sie auch ihn dingfest gemacht hätten, und dann würde sich zeigen, was es mit diesem seltsamen Verhältnis auf sich hatte. Lutze oder Klein – oder beide. Oder keiner?

Doch Eichendorff konnte nicht darauf warten, dass die Landjäger ihre Ermittlungen zu einem Ende führen würden. Irgendetwas behagte ihm nicht bei dem Gedanken, hier still dem Lauf der Dinge zuzusehen, obwohl doch er, nein Louise, zuerst die nun offengelegten Missverhältnisse aufgespürt hatte. Ja, Louise! Wie konnte er sie nur vergessen haben! Ihm kam ein seltsamer Verdacht …

»Maly, Sie müssen sofort wieder in die Stadt!«, unterbrach Eichendorff ihre Schilderungen und erhob sich geschwind.

Diese sah ihn überrascht an. »Wie bitte?«, fragte sie verständnislos. »Brauchen Sie noch etwas vom Markt? Das fällt Ihnen aber früh ein.«

Eichendorff schüttelte den Kopf. »Ich möchte, dass Sie meine Frau aufsuchen und ihr mitteilen, dass sie wie besprochen die Klinik des Doktors verlassen und stattdessen das Spital der Mönche aufsuchen möge.« Maly verstand nicht, doch Eichendorff nahm sich keine Zeit, ihr seine Absichten zu erklären.

»Und das alles baldmöglichst, wenn ich bitten darf«, forderte er nachdrücklich, worauf sich Maly mürrisch vom Tisch erhob, die Tassen zusammenstellte und Herrn Schmitt mit verzweifelter Freundlichkeit hinaus vor die Tür bat.

Helena und Max amüsierten sich sogleich über die Unbeholfenheit, mit der der Wildhüter der energischen Haushälterin nach draußen folgte, und Max sagte gar: »Jetzt gibt es bestimmt einen Kuss!«, worauf ihn Anna empört zurechtwies. »Dies sind nur zwei Angestellte, die einander gebührlich verabschieden«, erklärte sie ihrem Bruder, worauf Max ihr beschwichtigend Recht gab. »Ich weiß doch, dass sie kein Paar sind. Er ist nur ihr Liebhaber«, meinte er trocken, was Anne erröten ließ, Otto jedoch herzlich belustigte.

Eichendorff indes hörte dem Geschwätz der Kinder gar nicht zu. Ihm gingen ganz andere Dinge durch den Kopf. Wenn er noch in die laufenden Ermittlungen eingreifen wollte, war höchste Eile geboten, denn lange würde es nicht dauern, bis die Landjäger nach Halle aufbrechen durften. Und so wandte sich Eichendorff an Anna, der er die Aufsicht über ihre beiden jüngeren Geschwister übertrug.

»Auch ich muss erneut in die Stadt, um einige Sachverhalte zu verfolgen. Und du, Otto, wirst mich bitte begleiten. Es handelt sich um eine dringende Angelegenheit, bei der ich deine uneingeschränkte Unterstützung benötige.«

Max sah seinen Großvater gekränkt an. Immerhin war er doch der Held des Tages gewesen, der nicht nur eine Schlägerei mit einem Straßenjungen für sich entschieden hatte, sondern auch mutig und gewitzt in ein Haus eingestiegen war, was ihm seine Mutter niemals erlaubt hätte. »Aber warum willst du mich nicht mitnehmen?«, maulte er verzweifelt auf. »Ich habe dir doch heute schon einmal so gut geholfen!«

Lächelnd beugte sich der Alte zu dem Knaben herab. »Und dafür bin ich dir auch äußerst dankbar, wie du sicher weißt. Aber jetzt ist es mir lieber, wenn du auf die Frauen aufpassen könntest. Immerhin bist du jetzt der Mann im Haus.«

Max gab sich mit dieser Sichtweise seiner Lage noch immer nicht zufrieden. Was sollte er auch zu Hause mit den Schwestern anfangen, die als Publikum seiner Geschichten doch kaum zählten? Helena war ja noch viel zu klein, um wirklich zu verstehen, was er an diesem Vormittag gemeistert hatte, und Anna wusste immer alles besser. Max wollte seinen Großvater bereden, sein Urteil noch einmal zu überdenken, doch Eichendorff hatte sich bereits angeschickt, die Küche zu verlassen, wobei ihm Otto eilig folgte.

Auf der Terrasse standen Maly und der Wildhüter immer noch beieinander. Es war längst kein Geheimnis mehr, dass die Gelegenheiten, bei denen sich die beiden über den Weg liefen, langsam aufhörten, zufälliger Natur zu sein. Auch Eichendorff, der sonst wenig Anteil an dem Treiben Malys nahm, war nicht verborgen geblieben, dass diese eine Schwäche für den ruppigen, wortkargen Mann entwickelt hatte. Sie mussten sich bei einem der zahlreichen Ausflüge in die Fasanerie erstmals begegnet sein und sicher zogen auch die Kinder Jürgen Schmitt zu Maly hin, denn er schien seiner Einsamkeit überdrüssig zu sein und die Gesellschaft der aufgeweckten und so vielseitigen Bande zu genießen. Doch seine Annäherungsversuche blieben auf jene Spaziergänge in der freien Natur beschränkt. Eichendorff mutmaßte, dass es der schmerzliche Verlust seiner Tochter Martha gewesen war, der ihn kontaktscheu hatte werden lassen.

Von der etwas verträumten Anna hatte Eichendorff einmal die Geschichte von der Tochter des Wildhüters gehört, die kurz nach ihrer Heirat qualvoll verstarb. Natürlich hatte das Mädchen die Episode entsprechend auszuschmücken und romantisch zu verfremden gewusst, sodass sie Eichendorff als beschauliches Märchen in Erinnerung geblieben war, so wie sie zu Hunderten in den Köpfen heranwachsender Frauen herumspukten und diese leichtgläubig und anfällig für die bezirzenden Worte der jungen Burschen machten – ein wichtiger Grund für Eichendorff, ein besonderes Augenmerk auf seine ältere Enkelin zu legen.

Dass es jedoch hauptsächlich die scheinbar natürliche Autorität des alten Freiherrn war, die den Wildhüter davon abhielt, den Kontakt mit Maly auszuweiten, konnte dieser nicht erahnen. Er stand dem Verhältnis unbeteiligt gegenüber, hatte sich bislang nicht darum geschert, doch als er das Paar diesmal sah, fuhr er Maly ungeduldig an. »Wollten Sie nicht längst auf dem Weg zur Stadt sein?«, fragte er lauernd.

Maly entgegnete dem Dichter nicht weniger ungehalten. »Nun geben Sie mir doch diese zwei Minuten, Monsieur! Ich werd doch schließlich auch nicht jünger.«

Schmitt hingegen, dem die mürrische Stimmung Eichendorffs nicht verborgen geblieben war, bot sich sofort an, den Herrn Baron in die Stadt zu kutschieren. Eichendorff überlegte schnell. »Wenn es keine allzu großen Umstände macht«, meinte er schließlich, was Schmitt ausdrücklich verneinte, und so bestiegen Eichendorff und Otto den Wagen, der Wildhüter erklomm den Kutschbock, wendete die Karosse und zückte vor Maly kurz den Hut zum Gruß, die aus Platzgründen nun zu Fuß nach Köthen gelangen musste und ebenso wie die zurückgelassenen Kinder einigermaßen fassungslos, angesichts der schnellen und nicht nachvollziehbaren Entscheidungen Eichendorffs, der verschwindenden Kutsche nachsah.

VI.

Die Kutschfahrt war für die Beteiligten wesentlich weniger spektakulär verlaufen, als es sich Maly und die Kinder vorstellen könnten. Eichendorff hatte recht bald den Bahnhof als Reiseziel angegeben und war anschließend in tiefes Schweigen verfallen. Otto hatte sich nicht gewagt, den Großvater in seinen Überlegungen zu stören, was er als unangebracht empfunden hätte, und hatte einen ernsten Gesichtsausdruck angenommen, um seine standesgemäße Erziehung gebührend nach außen zu tragen.

Schmitt hingegen fuhr seinen Einspänner wie gewünscht zu jenem Bahnhof, der Köthen mit den südlichen Städten der preußischen Provinz verband. Seit einigen Jahren waren diese Gebäude wie Pilze aus dem Boden geschossen, hatten Köthen zu einem Verkehrsknoten aufsteigen lassen und gleichzeitig in ein logistisches Chaos gestürzt, denn noch immer fiel es den verschiedenen Eisenbahngesellschaften und dem Magistrat Köthens schwer, die An- und Abfahrten an den drei Bahnhöfen der Stadt zu koordinieren.

Vor dem Bahnhofsgebäude verabschiedete sich Eichendorff förmlich und zugleich äußerst flüchtig von dem Wilthüter, wobei er ihm einen unangebrachten Obolus für seinen Freundschaftsdienst reichte. Anschließend wartete er mit Otto auf den bald eintreffenden Zug und versuchte seinen Enkel allmählich in die bisherigen Geschehnisse des Tages einzuweihen.

Otto mochte seinem Großvater kaum Glauben schenken, so ungeheuerlich hatte dessen knapper Bericht über die Ereignisse des Vormittags geklungen. Doch Eichendorffs gefasste Miene bedeutete ihm, alles Gesagte als wahr zu nehmen, und so blieb dem jungen Mann nichts weiter übrig, als den älteren zu fragen, was er sich von der spontanen Reise nach Halle erhoffe.

Eichendorff fuhr sich durch das weiße Haar, wie er es stets tat, wenn er nervös war. »Genaues ist mir noch unbekannt«, gab er sinnend zu, »aber wenn meine Vermutung zutrifft, könnten wir in Halle noch eine kleine Überraschung erleben.«

Nach diesen merkwürdigen Worten versank er wieder in seinem vorherigen Schweigen, sodass Otto das ungute Gefühl überkam, auf einer geheimnisvollen Mission unterwegs zu sein, deren Sinn er weder verstand noch von seinem Großvater richtig erläutert bekam, der trotz seiner nebulösen Andeutungen doch mehr zu wissen schien, als er ihm mitgeteilt hatte. Und so sah Otto etwas missvergnügt aus dem Fenster hinaus auf die gemächlich vorüberziehende bäuerliche Landschaft.

Das Herzogtum Anhalt gehörte zu den Gründungsmitgliedern des 1834 ratifizierten Deutschen Zollvereins und profitierte enorm von dem gebührenfreien Warenaustausch, der seitdem die mitteldeutschen Territorien untereinander zumindest wirtschaftlich verband. Natürlich war der Zollverein kein rein ökonomisches Bündnis, sondern auch ein politisches Instrument: Es diente dem aufstrebenden Königreich Preußen zur schrittweisen Verdrängung des dominierenden österreichischen Kaiserreichs aus dem Deutschen Bund, in dem alle mitteleuropäischen Staaten – wenn auch lose – miteinander vereint waren. Aus diesem Grund hatte es Wien besonders argwöhnisch zur Kenntnis genommen, dass die süddeutschen Königreiche

Bayern und Württemberg dem Zollverein beigetreten waren und dadurch unmissverständlich signalisiert hatten, dass sie sich zukünftig an Potsdam halten würden. Andere Länder wie Baden und Nassau, vor allem aber die im Norden gelegenen Hansestädte Bremen und Hamburg, die Großherzogtümer Oldenburg, Mecklenburg-Schwerin und Mecklenburg-Strelitz, das Königreich Hannover und die Herzogtümer Holstein und Schleswig, hatten den Beitritt zu dem Zollverein verweigert, da sie entweder auf ihre hanseatische Unabhängigkeit bedacht waren oder das mächtiger werdende Preußen als unmittelbare Bedrohung in ihrer Nachbarschaft auffassten.

Anhalt jedoch hatte sich ohne Zögern dem von Preußen geführten Bündnis angeschlossen und dadurch nicht nur den örtlichen Handel belebend fördern, sondern auch die Anbindung an die wichtigsten Verkehrsknotenpunkte der überregionalen Eisenbahnstrecken erreichen können. Die Städte zwischen Berlin und Leipzig waren allesamt etwas näher an das kleine Herzogtum gerückt, und statt mit der Kutsche mühselig über eine kaum ausgebaute Landstraße zu holpern, konnte nun etwa Halle in einer Dreiviertelstunde bequem mit dem Zug erreicht werden.

Als Eichendorff und Otto in Halle aus dem Wagen stiegen, ging es bereits auf zwei Uhr mittags zu. Eichendorff machte sich sogleich auf den Weg zur Innenstadt und Otto bemerkte anhand der eiligen und zielstrebigen Schritte, mit denen sein Großvater die Straßen der Stadt passierte, dass diesem Halle nicht ganz fremd sein konnte. Tatsächlich kannte Eichendorff die Stadt an der Saale – und kannte sie zugleich auch wieder nicht, lag doch das Studium, das ihn und seinen Bruder Wilhelm hierher verschlagen hatte, bereits mehrere Jahrzehnte zurück, in denen sich die Stadt enorm gewandelt hatte.

Damals, im Frühjahr 1805, hatte Halle als kreisfreie Stadt zum preußischen Herzogtum Magdeburg gehört und sich in unmittelbarer Nachbarschaft zu den kursächsischen Besitzungen im Süden befunden. Halle hatte im Ruf gestanden, ein bedeutendes geistiges und kulturelles Zentrum zu sein, denn hier hatten ebenso wie im etwas weiter nördlich gelegenen Giebichenstein die intellektuellen

Größen der Zeit verkehrt, allen voran natürlich die Professoren der hiesigen Universität um den Mediziner Johann Christian Reil, der zugleich Leibarzt des Geheimrats von Goethe gewesen war, und den Philologen Friedrich August Wolf, die beide neben vielen anderen in der Freimaurerloge *Zu den drei Degen* verkehrt hatten. Zu dem damaligen Zeitpunkt hatte sich die Stadt im steten wirtschaftlichen Niedergang befunden und ihre Bürger hatten zu einem beträchtlichen Teil an den preußischen Soldaten verdient, die hier einquartiert waren, oder an den Studenten, die aus allen Teilen des Reiches in die Saalestadt geströmt waren und damals mehrere Tausend Personen gezählt hatten. Es waren also in der Folge dieser Abhängigkeit von Auswärtigen die Gastwirtschaften, die Pensionen und leider auch das Glücksspiel und die Prostitution aufgeblüht, was des Öfteren für Ungemach gesorgt hatte. Nichtsdestotrotz hatte all dieser Zwist das Studentenleben, wie Eichendorff es kennengelernt hatte, maßgeblich geprägt und Eichendorff wollte diese Erfahrungen um nichts in der Welt missen.

Die elitäre Freiheit der Gebildeten und Besitzenden, zu denen auch Eichendorff trotz seiner prekären finanziellen Situation gezählt hatte, war schon damals ihrem Untergang geweiht gewesen. Die grassierende Armut hatte immer mehr Bürger auf die Straße getrieben und die marode Armee Preußens hatte sich nach der Niederlage bei Jena und Auerstedt vom 14. Oktober 1806 außerstande gezeigt, die Stadt vor den einfallenden Franzosen zu bewahren. Und so hatte Marschall Jean-Baptiste Bernadotte wenige Tage nach dieser für das Königreich Preußen und seine Verbündeten so schmachvollen Schlacht Halle von Westen her eingenommen. Bernadotte, der später zum König von Schweden und Norwegen bestimmt werden sollte, hatte nicht lange an der Saale verweilt, sondern war gen Lübeck weitergezogen, eilig den panisch flüchtenden Truppen des alten Generalleutnants Blücher hinterher.

Es war Napoleon selbst gewesen, der Kaiser der Franzosen, der sich anschließend in Halle aufgehalten hatte, ebenfalls kurz, aber doch lang genug, um die Universität aufzulösen und somit der geistigen Blüte der Stadt ein besiegeltes und rasches Ende zu setzen.

In der Folge war Halle zunächst dem neu gegründeten Königreich Westphalen zugeschlagen worden, einem französischen Vasallenstaat, der von dem dilettantischen Schürzenjäger Jérôme Bonaparte, einem Bruder des Kaisers, von Kassel aus gelenkt worden war. Nach dem Zerfall des westphälischen Königreichs war Halle durch den Wiener Kongress 1815 zurück an Preußen gekommen, das in Mitteldeutschland zahlreiche, vormals sächsische Besitzungen erworben hatte, die nun zu der preußischen Provinz Sachsen zusammengefasst worden waren. Halle, im Süden dieser Provinz, wurde seitdem von der Bezirkshauptstadt Merseburg aus regiert.

Eichendorff wandelte durch eine ihm seltsam verbundene Stadt. Halle hatte sich noch nicht vollständig verändert über all die Jahre, doch auch hier hatte die Eisenbahn ihren unaufhaltsamen Siegeszug angetreten, verbanden längst verlegte Schienenstränge die Saalestadt mit Berlin, Magdeburg und Köthen im Norden sowie Leipzig im Südosten. Eine Route durch mehrere sächsische Herzogtümer führte von Halle gar nach Gotha und Gerstungen, wovon weitere Anbindungen die Weiterfahrt nach Kassel und Köln ermöglichten.

Schon vor dem Magdeburg-Leipziger Bahnhof hatte sich das Stadtbild vollkommen gewandelt. Eichendorff kannte den Platz vor dem Galgtor als öde Gegend am östlichen Rande der Stadt, wo die namensgebende Vollstreckungsvorrichtung verortet gewesen war. Nun stellte er überrascht fest, dass dieser Platz von seinem düsteren Symbol befreit und in Leipziger Platz umbenannt worden war und sich längst zu einem bedeutenden Umschlagplatz für den auswärtigen Warentransport entwickelt hatte. Hier trafen nicht nur die Fernstraßen aus Merseburg, Leipzig und Magdeburg aufeinander, auch der Eisenbahnverkehr hatte hier seinen Schnittpunkt, wie Eichendorff erkannte. Doch noch herrschte am Leipziger Platz ein wirres Chaos, denn im Südwesten des einen Bahnhofgebäudes lag ein zweites, nämlich jenes der Thüringischen Eisenbahn-Gesellschaft, und der Versuch, beide miteinander zu verbinden, belastete den reibungslosen Verkehr und machte ihn nahezu unmöglich.

Eichendorff flüchtete sich geschwind über den lauten Platz nach Westen, in die nur unbedeutend ruhigere Leipziger Straße hinein. Einerseits begrüßte ihn hier, auf dem Weg in das Stadtzentrum, immer noch das alte Halle, das ihm vertraut war. Hier trugen etwa zahlreiche Gasthöfe und Kontore noch immer die wohlbekannten Namen von einst, hatten sich einzelne Gebäude und auch ganze Häuserzeilen seit damals unverändert erhalten. Doch andererseits war da auch diese andere Facette der Stadt, von der er schon in Köthen gehört hatte, und die beharrlich zwischen all dem Althergebrachten hindurchschimmerte. Halles Bevölkerung hatte sich seit den Tagen seines Studiums, begünstigt durch den wirtschaftlichen Aufschwung der zögerlichen Industrialisierung, mehr als verdoppelt und so zeichnete sich auch in der Saalestadt ein ähnliches Bild des Fortschritts hin zu einem technischen Zeitalter ab, wie Eichendorff es aus den Vororten Köthens her kannte. In dem eingemeindeten Glaucha im Süden ragten die verrußten Schlote der Halleschen Zuckersiederei-Compagnie in den Himmel und stießen grauen Nebel über die Innenstadt aus, in der neuartige Backsteinbauten die schmuckvollen, detailliert verkleideten Bürgerhäuser von einst ersetzten. In diesem Umfeld des langsamen, aber beharrlichen Aufbruchs war der 1817 wiedergegründeten Universität eine völlig andere Rolle beschieden als vor ihrer Schließung. Nun war die geistige Freiheit der Akademie von Flügelkämpfen verschiedener Professoren der Theologie überschattet – dies war allseits bekannt –, zudem waren jüngst zahlreiche Dozenten aufgrund ihrer demokratischen Gesinnung entlassen worden, was die Lokalpresse ausführlich zu kommentieren wusste. Die Zeiten, in denen die Studenten wirtschaftliche und politische Macht ausüben konnten allein wegen ihrer exklusiven Herkunft, schienen endgültig vorbei zu sein.

Eichendorff wusste nicht, wie er der veränderten Stadt gegenüberstehen sollte. Er bejahte den Fortschritt, wenn auch nicht lauthals und keinesfalls ohne Zweifel, aber resigniert musste er auch hier feststellen, dass er eben nicht dieser neuen Welt angehören könnte. Eichendorff war nun einmal keine siebzehn Jahre mehr, das gewandelte Halle führte ihm sein eigenes Alter allzu deutlich vor Augen.

Die Eile, die Eichendorffs Unterfangen erforderte, war von ihm zeitweilig völlig vergessen worden, wenn er Otto gerührt auf dieses oder jenes Gebäude aufmerksam machte und manche Anekdote aus der vergangenen Jugend zu erzählen wusste, je näher die beiden Männer dem Marktplatz der Stadt kamen. Auch den verstorbenen Wilhelm rief sich Eichendorff ins Gedächtnis, der hier in Halle mit Wissen und Charme brilliert hatte. Ja, Wilhelm! Während all der langen und oft harten, in Hunger verbrachten Studienjahre in Halle, Heidelberg, Berlin und endlich Wien war ihm der treue Bruder nicht von der Seite gewichen. Erst der Eintritt in den Staatsdienst hatte sie entzweit. Eichendorff war eine erhoffte Anstellung im österreichischen Kaiserreich verwehrt geblieben, weswegen er sich in der Folgezeit in Preußen um selbige bemüht hatte. Wilhelm aber war unter den Habsburgern recht zügig bis zum Kreishauptmann von Trient aufgestiegen, hatte diesen Posten über zwanzig Jahre hinweg bekleidet und war erst nach den Unruhen von 1848 unrühmlich aus dem Amt geschieden, nachdem er sich zu nachsichtig gegenüber den plötzlich aufflammenden Unabhängigkeitsbestrebungen der italienischen Bevölkerung Südtirols gezeigt hatte. Er war nach Innsbruck strafversetzt worden, wo er als Gubernialrat an der Tiroler Landesstelle bis zu seinem frühzeitigen Tod im Januar des folgenden Jahres gewirkt hatte. Wilhelm war als gebrochener, enttäuschter Mann verstorben, ohne zuvor rehabilitiert worden zu sein. Beamtentum und Milde gegenüber den Bürgern erschienen Eichendorff manches Mal nicht miteinander vereinbar zu sein …

Eichendorff atmete schwer auf. Er hatte sich seit diesem April 1813, als sich die Wege der Brüder getrennt hatten, immer mehr von Wilhelm entfremdet, ja, dessen Witwe, eine gewisse Julie, geborene Fischnaler, war ihm und seiner Familie unbekannt geblieben. Die wenigen Treffen, die in all den Jahren zwischen ihm und Wilhelm verabredet worden waren, hatten hauptsächlich der komplizierten Regelung des Umgangs mit dem hoch verschuldeten väterlichen Erbe gegolten, wobei Eichendorff immer deutlicher und mit erheblichen Entsetzen festgestellt hatte, wie wenig sich die beiden einst so eng Befreundeten zu sagen hatten. Man hatte sich schlicht auseinandergelebt.

Aber in Halle, erklärte er seinem Enkel Otto stolz, da hatten sie noch viel Zeit miteinander verbracht. Sie waren zum ersten Mal in ihrem Leben außerhalb der östlichen Reichsgebiete, namentlich des heimatlichen Schlesiens und Böhmens, gewesen. Nie wieder hatte sich Eichendorff so fremd und gleichzeitig so frei und sorgenlos gefühlt wie damals in genau dieser Stadt. »Wir logierten zu Beginn unseres Studiums in der Neuen Residenz, in der Nähe des Klaustors, wo auch einige wissenschaftliche Veranstaltungen stattfanden«, erinnerte sich Eichendorff. »Von unserem Stubenfenster aus konnte man hinaus auf die Vorstadt und weit in das dichte Grün der Peißnitz und des Gimritzer Damms schauen. Es war einfach herrlich! Und denk nur, all der Tumult in den Wohnvierteln und vor allem in der Kleinen Ulrichstraße, wo sich Kneip' an Kneip' reihte und jede Menge Krawall herrschte, bei Tage wie bei Nacht.«

Tief bewegt bemerkte Eichendorff doch, dass er sich einigermaßen in Euphorie geredet hatte und meist die erfreulicheren und vielleicht nicht immer ganz ordentlichen Ereignisse angesprochen hatte. Nervös räusperte er sich. »Aber es gab natürlich auch viel zu lernen. Denke bloß nicht, dass das Studentenleben allein den Vergnügungen galt. Mitnichten! Die akademische Reifung stand stets an erster Stelle, denn nur sie ermöglichte deinem Großonkel und mir den beruflichen Werdegang, den ein jeder von uns beschritt.«

Mit diesen belehrenden und vielleicht etwas übertrieben ernsten Worten wandte sich der Alte an seinen Enkel. Hatte er ihm zu viel vorgeschwärmt von den längst vergangenen Zeiten, die dem jugendlichen Otto vielleicht kaum etwas bedeuten mochten? Hatte er ihn gelangweilt? Aber seine Befürchtungen trafen nicht zu, im Gegenteil. Otto zeigte sich tief verwundert darüber, dass sein Großvater, der es bis zu ihrer Ankunft auf dem Magdeburg-Leipziger Bahnhof noch so eilig gehabt hatte, an sein unbenanntes Ziel zu gelangen, unerwartet in eine romantische Schwelgerei geraten war, die ihn so tagträumerisch von seiner Vergangenheit hatte berichten lassen.

Einmal in solch ausschweifenden Plauderton versetzt, dachte Otto die Gelegenheit zu nutzen, um sich ein wenig Klarheit über den Sinn ihrer spontanen Reise zu verschaffen, und so fragte er Eichendorff, was sie in Halle denn eigentlich zu suchen hätten.

»Nun, die Sache ist nicht allzu leicht zu verstehen, wie ich meine«, begann dieser, wobei er versuchte, möglichst verständliche Worte der Erklärung zu finden. »Das, was mir gewiss erscheint, ist der Umstand, dass die anhaltinischen Landjäger auf der Suche nach einem gewissen Andreas Klein sind, den uns die gute Maly als mutmaßlichen Liebhaber der Gräfin von Plötzkau vorgestellt hat und der verdächtigt wird, selbige ermordet zu haben. Sicherlich haben sie längst einen Kurier nach Merseburg zur Bezirksregierung oder – was etwas weniger umständlich wäre – zum Magistrat von Halle gesandt, um die Festnahme des Betreffenden zu erbitten. Vielleicht haben sie sich die Erlaubnis zur Grenzüberschreitung auch per elektrischer Telegrafie eingeholt, wer weiß.« Eichendorff runzelte die Stirn. Diese technische Neuerung kam ihm etwas unheimlich vor. Ein Stottern, ein Klopfen einer Nadel – und ein Kundiger entschlüsselte eine Reihe von aufgezeichneten Punkten in eine Botschaft, die ein anderer in der Ferne mit einer anderen Nadel geklopft hatte. Das merkwürdige Wunder der Telegrafie! Als sie ihm jetzt einfiel, bemerkte er mit Schrecken, dass die Landjäger ihrem Ziel möglicherweise bereits näher waren, als er bislang vermutet hatte. Eilig schritt er über den Markt, verärgert über die eigene Gedankenlosigkeit, die ihn in eine rührselige Gefühlsduselei versetzt hatte. Er hatte schlichtweg keine Zeit, um sich die neugotischen Umbauungen am Roten Turm näher zu betrachten – genug kostbare Minuten waren vergeudet worden!

»Was sich mir bisher jedoch noch nicht völlig erschließt, ist das Motiv des Verdächtigen und ich möchte es doch lieber selbst in Erfahrung bringen, bevor ihn die Landjäger in die Mangel nehmen.«

Otto war angesichts der Neugier seines Großvaters aufs Tiefste überrascht. »Und hast du denn eine besondere Vermutung, die dich so engagiert macht?«

Eichendorff verneinte. »Es ist eher eine Ahnung, nicht mehr. Aber ich hatte während meiner Dienstzeit in Danzig das zweifelhafte Vergnügen, mit den Methoden der Königlich Preußischen Landgendarmerie unter dem dortigen selbstgerechten Major namens Günter Sarg in Berührung zu kommen, und weiß, dass diese in höchstem Maße eigenwillig sind und nicht immer ihrem eigentlichen Zwecke dienen. Denk daran, dass diese Männer Soldaten und somit dem Kriegsministerium unterstellt sind – und so verhalten sie sich eben gelegentlich auch, als seien sie im Kriegsdienst. Ich nehme an, dass es in Anhalt kaum anders um diese Menschen bestellt sein dürfte, bei all dem, was mir mein Vetter Nicolaus von Holly erzählt hat. Sie könnten ihm möglicherweise ein Geständnis herausprügeln, das nicht der Wahrheit entspräche.«

Eichendorff beließ es bei dieser vielsagenden Andeutung und ging auf das Marktschlösschen zu, das sich im nordwestlichen Zipfel des halleschen Hauptmarktes imposant erhob. Von hier aus würde es nur noch ein Katzensprung sein.

»Aber wie willst du diesen Herrn Klein überhaupt finden?«, fragte Otto. »Und wozu bedarfst du meiner Unterstützung?«

Eichendorff lächelte. »Alles zu seiner Zeit, mein Freund, wie Maly so treffend sagte. Zuerst einmal wollen wir den *Kronprinzen von Preußen* aufsuchen, wo sich unserer Herr Verdächtiger allem Anschein nach einquartiert hat. Dann sehen wir weiter.«

Eichendorff war dieses Wirtshaus noch aus seinen einstigen Studientagen bekannt. Unvergessen der ferne Abend, an dem der Mediziner Franz Joseph Gall eben in dieser Einrichtung seine populäre Schädellehre vorgestellt und an prominenten Gästen aus dem Publikum zu beweisen versucht hatte. Goethes Kopf war vermessen worden, ebenso wie jener des Musikers Johann Friedrich Reichardt. Ach, wo waren die Jahre hin! Gall, Goethe und Reichardt waren ja längst verstorben! Und die Schädellehre, nach welcher alle Charaktereigenschaften eines Menschen an seiner Kopfform abzulesen seien, hatte sich als Märchen herausgestellt, wissenschaftlich nicht tragbar. Aber an jenem Abend hatten die versammelten Geistesgrößen an sie geglaubt, auch Eichendorff, der sich damals im Publikum befunden hatte, war von ihr überzeugt gewesen. Zweifel waren damals aufgrund Galls inzwischen längst vergangener Prominenz unangebracht gewesen.

Das Gasthaus *Zum Kronprinzen von Preußen* in der Kleinen Klausstraße war Eichendorff aber nicht nur wegen dieser einmaligen Veranstaltung bekannt geblieben, nein. Hier hatten um die Jahrhundertwende traditionell Studenten jeder Herkunft, wenn sie nur gut situiert war, logiert. Hier hatten sich jene ein Zimmer genommen, die Eichendorff heimlich um ihre Sorglosigkeit beneidete, denn auch wenn er selbst über ein kleines Budget verfügt hatte, das es ihm ermöglicht hatte, einigermaßen mühelos zu leben – wie hatte sich dies in den folgenden Jahren gewandelt! –, so waren es doch die Studenten vom *Kronprinzen*, die wahrlich unbedacht haushalten konnten und denen aufgrund ihrer Stellung so manche Prüfung vor den Professoren erlassen wurde. Verständlicherweise begünstigte dies alles ein recht zügelloses Leben, das nicht selten mit Prügeleien, Trunkenheit und wilden Ritten durch die engen Gassen der Stadt verbunden war. Schlimmer noch trieben es nur jene jungen Adligen und Patriziersöhne, die in Lauchstädt logierten und teilweise die Universität über mehrere Monate hinweg nicht aufsuchten.

Das Gasthaus hatte sich kaum verändert. Noch immer strahlte es die gediegene Atmosphäre der Bessergestellten aus, die hierin hausten. Scheinbar verkehrten nach wie vor nur exklusive Kreise in diesem Haus. Eichendorff wollte es sofort betreten, besann sich jedoch eines Besseren und wandte sich an seinen Enkel. »Eines noch: Ich werde mir gleich etwas Auskunft verschaffen«, erklärte er sein Tun. »Aber um diese auch zu bekommen, werde ich wohl gezwungen sein, einige falsche Angaben zu machen, denn meist sind Herbergen dieser Art recht verschwiegen.«

Otto verstand.

»Also halte dich bitte zurück und lass dir vor allem nichts anmerken.«

Mit diesen Worten trat Eichendorff durch die Tür des Gasthauses, von einem nachdenklichen und zugleich erwartungsvollen Otto gefolgt, wobei der Alte betont standesbewusst mit dem Gehstock übermäßig laut auf den Fliesenboden neben dem ausgebreiteten Teppich klopfte. Sogleich erschien auch eine kleine, aufgrund des huschenden Gangs, vor allem aber wegen ihres feuchten Blicks etwas schmierig wirkende Gestalt, die in zweitklassigen Bürgerkleidern gewandet war, in der Empfangshalle, stellte sich, einen galanten Bückling vollziehend, als Simon Goldstein und Wirt dieses Hauses vor und bat die Eintretenden, ihm ihre Wünsche kundzutun.

Eichendorff nahm die achtungsvolle Begrüßung des sich geradezu anbiedernden Wirts gelassen entgegen. »Ich darf mich Ihnen als Johann Christoph Flechtmann aus Karlsberg in der Grafschaft Glatz vorstellen und dies hier ist mein Enkel, Jakob Flechtmann.« Eichendorff schob Otto, der sich wie verabredet zurückgehalten hatte, ein wenig nach vorn, sodass ihn der Wirt besser in Augenschein nehmen konnte. Dieser nickte in einem fort und dienerte nun auch vor Otto, der die Maskerade vorzüglich mitzuspielen wusste, indem auch er eine ruhige, etwas gelangweilte Miene aufsetzte, als sei er nur den besten Umgang gewöhnt.

»Meine Familie verkehrt geschäftlich mit dem erlauchten Hause Klein, deren Sprössling in Ihrem Gasthaus logiert, wie mir sein Vater kürzlich postalisch mitteilte.«

Herr Goldstein beeilte sich, dem Herrn Flechtmann von der Richtigkeit dieser Angabe zu überzeugen. »Dies entspricht der Wahrheit. Ich darf mich in der Tat rühmen, mit dem jungen Herrn Andreas Klein den Sohn eines der bedeutendsten Hoflieferanten der altehrwürdigen Grafschaft Wernigerode zu beherbergen. Seit mehreren Semestern wohnt er bereits unter meinem Dach und es ist – wie ich mir in aller Bescheidenheit ausnehmen darf – ja auch das einzige gebührende Haus am Platz für eine Person seiner Herkunft, immerhin ist sein Herr Vater in seiner Funktion als Braumeister äußerst angesehen bei den Grafen zu Stolberg-Wernigerode, die wiederum alles andere als unbekannt am Potsdamer Hof sind.« Neugierig betrachtete der Wirt die beiden Gäste, die offenbar ebenfalls zu solch erlauchten Kreisen gehörten.

Eichendorff nickte bedächtig. »Gewiss«, bemerkte er kurz angebunden. Goldstein schien ihm geschwätziger, als er vermutet hatte.

Ohne viel von sich selbst preisgegeben zu haben, hatte Eichendorff innerhalb kürzester Zeit einiges über Andreas Klein erfahren. Der Korrespondenzpartner der ermordeten Gräfin von Plötzkau entstammte also einer Handwerksfamilie und somit dem angesehenen Patriziat einer mittelgroßen Stadt im Harz, die inzwischen unter preußischer Regie geführt wurde. Andreas Klein studierte hier in Halle – wie zu Eichendorffs Zeiten verkehrten also immer noch Studenten im *Kronprinzen von Preußen*. Es war schon eine etwas merkwürdige Erkenntnis, die sich hier auftat: Sollte die ältliche Gräfin tatsächlich eine Affäre mit einem bürgerlichen Studenten unterhalten haben? Maly hatte dies angedeutet, aber entsprach es auch der Wahrheit? Und warum sollte ein offensichtlich gut situierter Bürgerspross seine inoffizielle Gönnerin ermordet haben, wie es die Landjäger vermuteten? Eichendorff wusste es nicht, doch zumindest war er dem rätselhaften Briefeschreiber auf die Spur gekommen.

»Nun möchte auch mein Enkel im kommenden Semester das Studium an der hiesigen Universität aufnehmen«, erklärte er dem Wirt. »Aus diesem Grund hatte ich Herrn Klein gebeten, seinen Sohn doch bitte meinem Enkel vorab als Kamerad zur Seite zu geben, gewissermaßen als etwas erfahreneren Mentor, der ihm sowohl die akademische Laufbahn als auch die Stadt etwas vertrauter werden lassen könnte.«

»Eine ausgezeichnete Idee, mein Herr!«, lobte Goldstein überschwänglich und klatschte vor Entzückung in die Hände. »Ich bin sicher, die jungen Herren werden sich vorzüglich verstehen. Ich bin mir sogar nahezu sicher, dass es sich so arrangieren lässt, dass der Herr Jakob das Zimmer neben dem des Herrn Andreas beziehen kann – denn ich gehe doch richtig in der Annahme, dass Sie sich in meinem bescheidenen Haus einmieten wollen?«

Der Wirt sah Eichendorff erwartungsvoll an. Dieser entgegnete dem aufgeregten Blick gelassen. »Selbstredend. Wie sagten Sie? Dies sei das einzige gebührende Gasthaus am Platz für eine Person unseren Standes.«

»Sehr richtig!«, bekräftigte der Wirt, erneut vor Eichendorff dienernd. »Sehr richtig. Ich darf Ihnen also das entsprechende Zimmer reservieren, oder möchten Sie es zuerst auf seinen ausreichenden Komfort hin inspizieren?«

Eichendorff lehnte das Ansinnen des Wirtes ab und forderte ihn stattdessen auf, die entsprechenden Formalitäten der Zimmeranmietung auszustellen, und so begab sich Goldstein mit erstaunlicher Emsigkeit hinter den Tresen, wo er in seinem Bestellbuch Name und Anschrift Eichendorffs niederschrieb und schließlich etwas zögerlich nach den Rechnungsmodalitäten fragte, die sein hoher Gast bevorzugen würde. Eichendorff überlegte nur kurz und gab zur Antwort, der Wirt möge am Anfang jedes Monats eine Liste aller ausstehenden Beträge an seine Adresse in Karlsberg schicken, worauf diese zügig beglichen werden würde. Der leichtgläubige Goldstein nickte befriedigt ob dieses Vorschlags und vermerkte ihn sogleich in seinen Unterlagen.

»Darf ich Sie bitten, mir mitzuteilen, wo ich den Herrn Klein zur Stunde antreffen kann?«, erkundigte sich Eichendorff mit äußerst ausdrucksloser Stimme. »Ich würde ihm nur allzu gern meinen Enkel baldmöglichst anvertrauen, um mich anschließend meinen Geschäften zu widmen, die mich nach Halle geführt haben und die meiner dringend erwarten.«

Goldstein nickte erneut, trat hinter dem Tresen hervor und meinte: »Herr Klein befindet sich meines Wissens nach zur Stunde an der Universität, genauer gesagt in deren Hauptgebäude.«

Eine weitere Neuerung, dachte Eichendorff, diesmal beeindruckt. Zu seiner Zeit hatte die Universität noch über kein eigenes Gebäude verfügt, sondern war in verschiedenen Häusern der Stadt oder in Bürgerwohnungen einquartiert gewesen. Manche Professoren hatten ihre Lesungen gar in ihrer eigenen Privatunterkunft abgehalten. Dies hatte sich nun scheinbar ebenfalls geändert.

»Wo befindet sich dieses Gebäude?«, fragte Eichendorff interessiert.

Der Wirt zeigte in die hintere Hälfte des Gasthauses. »Es liegt nahe dem Petersberg, an der Alten Promenade.«

Eichendorff kannte diese Gegend nur flüchtig. »Also bei dem Kloster der Franziskanermönche?«, hakte er nach, worauf Goldstein energisch den Kopf schüttelte.

»Das gibt es schon lange nicht mehr«, rief er aus. »Das Kloster wurde aufgelöst und die baulichen Anlagen der Barfüßer abgerissen. Nein, das Universitätsgebäude befindet sich exakt auf dem ehemaligen Grundstück des Klosters, ein wunderschöner, wenn auch etwas klumpiger Neubau. Da hat sich die Stadt mal etwas geleistet«, fügte Goldstein verschmitzt hinzu. »Aber es kann gut möglich sein, dass Sie dort Herrn Klein bedauernswerterweise nicht antreffen«, fuhr er, nun etwas verschwörerisch, fort, »denn hin und wieder entfallen einzelne Veranstaltungen kurzfristig, und er besucht in dieser Zeit stattdessen kulturelle Ereignisse in Giebichenstein oder vertreibt sich anderweitig die Stunden.«

Eichendorff lächelte nachsichtig. Andreas Klein war allem Anschein nach nicht gerade der zuverlässigste Student, sondern dem in seinem Stand üblichen Faulenzen nicht abgeneigt. Mit einem langsamen Nicken verständigte er Goldstein, dass er dessen Andeutung wohl verstanden hatte.

»Aber Sie können gern hier auf ihn warten, das Zimmer ist im Nu hergerichtet«, beeilte sich der Wirt zu sagen und verneigte sich etwas ungelenk, wobei seine ausgestreckte Linke auf den mit rotem Teppich überzogenen Treppenaufsatz deutete. »Auch kann ich mich freuen, Ihnen die ausgezeichnete Küche des Haues ans Herz zu legen, falls Sie an einer kleinen Kollation interessiert sein sollten.«

Eichendorff verneinte das zuvorkommende Angebot. »Wir werden uns wohl sogleich zu der Universität begeben, auch auf die Gefahr hin, Herrn Klein dort nicht anzutreffen. Aber wie ich schon sagte, sind es sehr eilige Geschäfte, die meine unverzügliche Anwesenheit erfordern. Ich darf mich also empfehlen ...«, meinte Eichendorff bestimmt und zückte bereits den Hut, bevor der Wirt irgendeinen Vorwand fand, um den Aufenthalt dieses edlen Kaufmanns in seinem Haus zu verlängern. Es blieb Goldstein also nichts weiter übrig, als den Gruß des Alten demütig zu entgegnen und auch den jungen Herrn Flechtmann die Ehre zu erweisen, und schon hatten sie sein Gasthaus verlassen.

Ja, dachte der Wirt, das sind die feinen Herren! Johann Christoph Flechtmann aus Karlsberg – völlig unbekannt, und er kannte nun wirklich all die bedeutenden Handelsfamilien. Wenn der alte Kerl sich nicht auf den ehrwürdigen Hoflieferanten Klein hätte berufen können, er hätte ihm glatt die Tür gewiesen! Feine Sitten waren das! Einst, noch zu seines Vaters und Großvaters Zeiten, hatten sich die Sprösslinge des alten Adels hier im *Kronprinzen von Preußen* eingefunden, da herrschte noch Benimm und Anstand. Aber was bedeutete denn der Adel heute noch, was waren die guten Manieren noch wert? Überhaupt nichts!

Goldstein kratzte sich verächtlich den Allerwertesten und besah sich den leicht verschmierten Eintrag in sein Bestellbuch. Aus Karlsberg war der halbwüchsige Herr also. Sicherlich noch so ein durchtriebener Jungspund, die sich herrlich verstellen konnten, solange das Oberhaupt im Raume war, und die sonst aber sogleich ihre wahre verwilderte Fratze an den Tag legten. Ekelhaftes Geschmeiß, diese Studenten, diese Tagträumer und Taugenichtse, versoffen und verhurt, wie sie allesamt waren. Ja, solches Pack verkehrte nun in seinem *Kronprinzen*, dachte Goldstein bitter. Diese elenden Neureichen, diese bürgerlichen Emporkömmlinge, denen das Geld, das sie in Hülle und Fülle aus halblegalen Geschäften zogen, eingab, nun wie Fürsten und Edelmänner auftreten zu können. Auch der alte Flechtmann war ihm so arrogant von oben herab gekommen, als sei er der König von Sachsen persönlich. Dabei hatten seine Vorfahren bestimmt noch vor ein, zwei Generationen auf irgendeiner niederschlesischen Scholle im Dreck gewühlt.

Goldstein seufzte schwer auf. Aber so waren nun einmal die Verhältnisse geworden. Die Franzosen hatten dem alten Reich den Kaiser und obendrein auch den übrigen Adel ausgetrieben, und als sie wieder hinter den Rhein geprügelt worden waren, konnten sich die erlauchten Blaublütigen nicht mehr mit der gewohnten Sicherheit in den Sattel schwingen. Da waren die Bürgerlichen, die Richter und Beamten, die Handwerksmeister und immer wieder diese Krämerseelen, die plötzlich lauthals Mitbestimmung forderten und sogar hier und da bekommen hatten. Nun gut, der Adel regierte nichtsdestotrotz immer noch in den deutschen Ländern, aber die eigentliche Macht, das wusste Goldstein sicher, die lag längst bei den Städten, egal, ob es eine Verfassung gab oder nicht. Solche Leute wie Flechtmann hatten das Sagen, und so musste sich auch ein so ehrenwerter Gastwirt wie Simon Goldstein, der innerhalb weniger Jahre zu weit mehr Rechten gekommen war, als es sich seine jüdischen Ahnen je hätten träumen lassen – der also den anderen Bürgern Halles in nichts nachstand –, er musste es sich eben doch von solchen Aufsteigern gefallen lassen, nach Belieben herumgeschubst zu werden. Ja, ging es Goldstein durch den Kopf und er wischte schwerfällig mit seiner Rockspitze über den Tresen, sodass er einigermaßen glänzte. Dahin war man inzwischen gekommen. Kein Graf mehr und kein Kaiser. Der Kaufmann gab den Ton an. Elende Seelenverkäufer!

VII.

Eichendorff versuchte, möglichst schnell zu dem Universitätsgebäude zu gelangen, doch schon in der Großen Ulrichstraße spürte er, dass sein gealterter Körper hartnäckig seinen Tribut forderte. Ihm wurden die Beine langsam schwach.

Otto, der den veränderten Zustand seines Großvaters bemerkt hatte, griff dem Alten unter den Arm. »Vielleicht sollten wir zunächst irgendwo in der Nähe einkehren und uns stärken«, schlug er zögerlich vor, denn er wusste, dass Eichendorff nur ungern an seine zunehmende Gebrechlichkeit erinnert wurde. Wie Otto allerdings erwartet hatte, lehnte dieser den Vorschlag seines Enkels rigoros ab.

»Wir haben schon genug Zeit vertan, mein Junge!«, erklärte er bestimmt. »Es kommt jetzt darauf an, den Studenten Klein zu finden, bevor dies den Jäger gelingt. Um den Hunger kümmern wir uns später.« Eichendorff hakte sich bei Otto unter und deutete ihm, den Schritt etwas anzuziehen. »Dort befindet sich der erste Ausläufer des Petersbergs, wir sind der Universität also recht nahe.«

Der Alte bahnte sich seinen Weg durch den Menschenstrom, der die belebte Straße erfüllte. Niemand erkannte den weltbekannten Dichter, den letzten Ritter der Romantik. Aber woher auch? Ein erstes und einziges Porträt von Eichendorff war im *Deutschen Musenalmanach für das Jahr 1841* abgedruckt worden, was bereits unglaubliche vierzehn Jahre zurücklag. Wer also nicht in irgendwelchen literarischen Kreisen verkehrte, würde den Autor von *Ahnung und Gegenwart* und *Viel Lärm um nichts* kaum auf offener Straße erkennen können, noch dazu so unvermutet in einer behutsam aufstrebenden Industriestadt wie Halle, fernab der wahren kulturellen Zentren Berlin, Dresden und Wien.

Hier in Halle war Eichendorff niemand anderes als ein gealterter, wohlgekleideter Mann, der verhalten hastend durch die Ulrichstraße lief, gestützt auf Stock und Enkel. Während sich Eichendorff kaum für den regen Betrieb, der in der Straße herrschte, interessierte und nur darauf achtete, niemandem vor die Füße zu laufen, sah sich Otto, der mehr von seinem Großvater mitgeschleift wurde, als dies umgekehrt der Fall war, nach allen Seiten neugierig um. Die Häuserzeilen waren wohl mehr als fünfzig Jahre alt, vermutete Otto, und entstammten sicher noch dem vorangegangenen Jahrhundert. Dass es in den bedeutenden Städten Preußens zu einem großartigen Wandel gekommen war, schien Halle noch nicht gänzlich erreicht zu haben. Otto fand keine der großen Warenhäuser, wie er sie in Danzig und Berlin gesehen hatte, auch war die Straße eng und schlängelte sich schwach beleuchtet von dem fahlen Licht des einbrechenden Abends zwischen den verwinkelten Häusern hindurch, sodass die Kutscher laut aufschrien und mit ihren Peitschen in die Luft knallten, um ihren Karren genügend Platz zu verschaffen. Otto sah zwar eine umtriebige Stadt, doch war sie seiner Meinung nach noch meilenweit davon entfernt, den Sprung in das neue Zeitalter der Technik zu wagen.

Eichendorff gönnte sich nicht die Zeit, sein Umfeld genauer zu betrachten. Auf dem kurzen Weg zum Petersberg versuchte er vergeblich, seine Gedanken zu ordnen, doch wollten sich all die Vermutungen und Bruchstücke nicht in eine logische Handlungsfolge reihen.

Ihm schien es inzwischen als unwahrscheinlich, dass der hochnäsige Doktor Lutze als Mörder an der Gräfin infrage kam. Der Mediziner hatte sie sicherlich ermordet vorgefunden und war darüber in Panik geraten. Wenn er Schuld auf sich geladen hatte, dann nur, weil er in seiner Ratlosigkeit versucht hatte, das Verbrechen an der Gräfin zu verschleiern. Damit hatte er den Täter indirekt begünstigt, da diesem somit Zeit genug gegeben war, um vom Tatort und vielleicht sogar aus Köthen und dem Herzogtum zu entweichen.

Aber was sollte Eichendorff von diesem Studenten halten? Es war eine nicht standesgemäße Liebschaft, nun gut, eine kleine Verfehlung, die man der Gräfin durchaus nachsehen konnte. Aber was machte Andreas Klein zum Mörder, wo war das Motiv? Konnte eine Romanze tatsächlich in solch blinden Hass umschlagen, der nötig war, um eine derart grausame Tat zu vollbringen wie diesen Mord?

Otto riss Eichendorff unvermittelt aus seinen Gedanken. »Großvater, vielleicht sollten wir uns eine Waffe verschaffen«, meinte der Jüngere und sah Eichendorff besorgt an.

Dieser verstand nicht recht. »Wieso das?«, fragte er überrascht zurück.

»Nun ja«, mutmaßte Otto, »du hast mich doch sicher zu deinem Schutz vor dem Kerl mitgenommen, oder? Was aber, wenn er uns überwinden kann? Ich meine, ich bin zwar stark genug, um einen Gleichaltrigen zu halten, aber wer weiß schon, wozu ein gedungener Mörder in der Lage ist, vor allem, wenn er in die Enge getrieben wird. Deshalb wäre eine Waffe vielleicht von unschätzbarem Vorteil für uns, meinst du nicht?«

Eichendorff lächelte. »Ich benötige keinen Schutz. Ich glaube eher, dass wir sogleich eine kleine Überraschung erleben werden. Aber du hast recht. Es kann selbstverständlich auch der umgekehrte Falle eintreten, dass ich mich irre und wir unser blaues Wunder erleben.«

Otto war nicht sonderlich angetan von der Risikobereitschaft seines Großvaters, doch auch so kannte er den alten Mann: als querköpfig und etwas verschroben. »Aber wozu benötigst du dann meine Hilfe?«, fragte er irritiert.

»Oh, lass dich überraschen!«, antwortete Eichendorff und grinste schelmisch. »Du wirst dich freuen, das verspreche ich dir.«

Otto wollte etwas entgegnen, doch Eichendorff kam ihm zuvor.

»Wir haben unser Ziel erreicht. Nun können wir nur hoffen, dass wir unseren Freund hier auch tatsächlich antreffen.«

Vor ihnen breitete sich eine unbebaute Fläche inmitten der Stadt aus, auf der sich majestätisch und schwerfällig zugleich das Universitätsgebäude erhob. Der kastenförmige Bau umfasste drei Geschosse, deren obere zwei mit korinthisch anmutenden Säulen verziert waren, während das untere mit einer einfachen Putzquaderung versehen war. Die breite Freitreppe, die zu den drei Eingangsportalen führte, wirkte etwas übergroß, was den allgemeinen Eindruck verstärkte, dass das Gebäude unförmig angelegt oder unvollendet sei.

Hier also wurden nun die Seminare und Vorlesungen abgehalten, staunte Eichendorff beeindruckt. So hatte die Universität letzten Endes doch ihren festen Platz in Halle erhalten. Doch er hatte keine Zeit, um sich auszumalen, ob es tatsächlich von Vorteil für die akademische Lehre sei, dauerhaft von diesem nun festgelegten Standort abhängig zu sein, auch lud der Anblick des beinah monströsen Universitätsgebäudes kaum dazu ein, länger vor ihm zu verweilen. So ging Eichendorff zügig auf die Freitreppe zu, gefolgt von Otto, der sich in der unvertrauten Gegend lieber hinter seinem Großvater hielt. Gemeinsam erklommen sie die wenigen Stufen und betraten den Bau durch die mittlere, offenstehende Tür.

Das Innere des Gebäudes wurde schwach von dem Oberlicht beleuchtet und strahlte eine bedächtige, etwas mystische Atmosphäre der Gediegenheit aus. Mehrere Säulen stützten die Eingangshalle, in der Eichendorff sich interessiert umsehend über matt glänzende, dafür reich verzierte Fliesen ging, wobei sein Gehstock in regelmäßigem Takt hell aufklang. Zu beiden Seiten des Vestibüls lagen kleinere Räume, doch wurde es von einer großartigen Treppe dominiert, die sich an seiner Stirnseite befand und in die oberen Etagen des Universitätsgebäudes führte. Zwar bemerkte Eichendorff, während er sich der breitangelegten Treppe näherte, dass sich hinter ihr noch weitere Räume befinden dürften. Doch zeigte der Umfang des Treppenhauses und der vorgelagerten Eingangshalle, dass in dem gesamten Bau kaum genug Platz für mehr als höchstens ein Dutzend Räume sein konnte – es erschien Eichendorff eindeutig zu wenig für den geregelten Lehrbetrieb einer mittelgroßen Universität. Wahrscheinlich finden noch immer die meisten Seminare in anderen städtischen Gebäuden statt oder gar in den Privathäusern der Professoren, dachte er bei sich. Hier allerdings können aufgrund des Platzmangels kaum mehr als die repräsentativen Veranstaltungen der Hochschule ausgerichtet werden.

Eichendorff blieb vor der Treppe stehen und spähte suchend die obere Galerie ab. »Ob es hier irgendwo eine Art Portier gibt, der uns sagen kann, wo gerade die Veranstaltungen stattfinden?« Otto erklärte sich sofort bereit, nach einer solchen Person zu suchen, und sprang die Treppe hinauf, doch Eichendorff rief ihn sogleich zurück. »Vielleicht ist es angebrachter, im Erdgeschoss zu suchen«, meinte er schmunzelnd über seines Enkels Übereifer, der ihn für einen Moment an den kleinen Max erinnerte. Otto errötete leicht und ging eilig die Stufen hinab, um sich in den Gang hinter der Treppe zu begeben, wo er prompt im Halbdunkel der wenigen Lampen und aus Eichendorffs Blickfeld verschwand.

Der Alte blieb allein zurück, hörte nur entfernt die Schritte seines Enkels verhallen. Da vernahm er plötzlich ein weiteres Geräusch. In einem der oberen Geschosse tat sich eine Tür laut knarrend auf und wurde auch sogleich wieder geschlossen, wonach der Klang von einigen Schritten zu Eichendorff drang, die in solch großen zeitlichen Abstand gesetzt wurden, dass Eichendorff vermutete, der Gehende würde es weniger eilig haben, sondern vielmehr gemütlich schlendern.

Die Schritte hallten über die rechte Seite der Galerie, von vorn nach hinten, ohne an Geschwindigkeit zuzunehmen, bis der Unbekannte die obere Treppe erreicht hatte. Sofort veränderte sich hier die Schrittfolge und ging in ein jugendliches Hopsen über, mit dem die einzelnen Stufen hinter sich gebracht wurden. Gleich müsste er auf dem Treppenabsatz auftauchen, dachte Eichendorff. Dann könnte er sehen, wer da so ausgelassen das Gebäude verlassen wollte. Und tatsächlich erschien ein junger Mann auf der Treppe, der sichtlich überrascht von der Anwesenheit des ehrwürdig ausschauenden Alten kurz innehielt und anschließend in einem angemesseneren Tempo die Treppe hinabging.

Der Student – denn um einen solchen handelte es sich ohne Zweifel – grüßte den still vor sich hin lächelnden Eichendorff höflich und schritt an ihm vorüber, dem Ausgang des Vestibüls entgegen. Der Alte aber drehte sich nach dem Gehenden um. »Darf ich Sie für einen kurzen Augenblick aufhalten?«, fragte er mit möglichst klarer Stimme, denn während des knappen Wortwechsels mit Otto hatte er festgestellt, dass in der Empfangshalle eine äußerst schlechte Akustik herrschte.

Der Angesprochene drehte sich sofort um und kam auf Eichendorff zu, wobei dieser bemerkte, wie unangenehm dem jungen Mann die jähe Verzögerung war. Eichendorff runzelte die Stirn. »Ich möchte Sie natürlich nicht gegen Ihren Willen festhalten«, meinte er nachsichtig. »Wenn Sie also keine Minute erübrigen können …«

»Sie sind nicht angestellt an der Fakultät?«, unterbrach ihn der Student.

Eichendorff verneinte überrascht.

»Gut«, atmete der Jüngere auf. »Ich dachte schon, Sie seien einer von diesen Ordnungspedanten, die glauben, sie müssten irgendwo vermerken, wer früher aus der Veranstaltung geht – als hätte das eine höhere Bedeutung! Verzeihen Sie bitte die Verwechslung.«

Der Student sah ihn verlegen an. Er schien keiner jener Patriziersöhne zu sein oder am Ende gar einer der Landadelsfamilien zu entstammen, die es hier in der Umgebung so zahlreich gab. Diese traten für gewöhnlich selbstbewusst und anmaßend auf, sie zeigten keine Reue, wenn sie jederzeit einen Veranstaltungsraum vorzeitig verließen, sowie ihnen langweilig wurde. Doch dieser junge Mann hier hatte sicher einen Pastor oder einen niederen Staatsbeamten zum Vater, dachte Eichendorff. All diesen Sprösslingen war gemein, dass sie äußerst begierig die Kenntnisse der Professoren in sich aufsogen, zum einen, da sie glaubten, es sei ihre Schuldigkeit den Gelehrten gegenüber, zum anderen, da sie nie wissen konnten, wie lange ihr Vater noch in der Lage war, für sie den Unterhalt zu stellen. Hinzu kam, dass sie auch auf keinerlei Bevorteilung seitens der Professoren bauen konnten. Während den Adligen der Universitätsalltag wie eine endlose Folge von geselligen Ereignissen erschien, die nur gelegentlich von einer gnädigen Anwesenheit in einzelnen Seminaren unterbrochen wurde, hieß es für die niederbürgerlichen Studenten, für alle erdenklichen Prüfungen und Examina zu pauken, von denen ihre Kommilitonen aus besserem Haus freigestellt waren.

Diese bedauernswerten äußeren Umstände machten solche Studenten zu ängstlichen Duckmäusern, zu arbeitswütigen Bücherfressern, an denen die Vergnügungen der Jugend meist ungenutzt vorbeizogen. Ihr Freigeist verkümmerte oft, bevor er sich überhaupt entfalten konnte, wobei es selbstverständlich auch einzelne Ausnahmen gab, wie den seligen Theaterkönig Lessing, der als subventionierter Koststudent praktisch der untersten Klasse von Akademikern angehört und späterhin die Welt der Schaubühne erobert hatte mit seinem *Nathan*, der *Minna von Barnhelm* und vor allem aber natürlich mit der *Emilia Galotti*, die Eichendorff über alles schätzte, auch wenn er sonst eher das Romantische bei Lessing vermisste.

»Ich möchte Sie keinesfalls länger aufhalten, als es vonnöten ist«, erklärte Eichendorff erneut. »Aber kennen Sie vielleicht Andreas Klein, der hier ebenfalls studieren soll?«

Der Student sah Eichendorff argwöhnisch an. »Ja, sicherlich, wer kennte ihn nicht? Klein ist mir bekannt, auch wenn ich ihn nicht gerade zu meinen Freunden zähle.«

Eichendorff erkundigte sich interessiert nach dem Grund hierfür und bedauerte sogleich, nach dem Offensichtlichen gefragt zu haben und den Studenten kompromittiert zu haben.

»Er ist nicht mein Umgang«, gab der Angesprochene kleinlaut zur Antwort, merklich unruhig werdend, als er Geräusche im hinteren, nicht einsehbaren Bereich des Vestibüls vernahm, die Eichendorff Ottos Rückkehr ankündigten.

»Ich verstehe«, meinte der Alte und tippte betreten auf den Knauf seines Stockes. »Und wissen Sie vielleicht, wo er sich im Moment aufhält?«

Nun lächelte der Student zynisch. »Oh, da haben Sie aber Glück, mein Herr!«, rief er belustigt aus. »Gerade heute besucht er tatsächlich einmal das Seminar von Professor Kleinschmidt, oben, in der Aula. Normalerweise hätte ich Sie ja auf die Kleine Ulrichstraße oder sonst wohin verweisen müssen, wo er ab dem frühen Nachmittag für gewöhnlich mit seinen Kameraden zu verkehren pflegt, aber heute macht er einen recht ramponierten Eindruck, da ihm wohl noch der Vorabend in den Knochen steckt.«

Die letzten Worte hatte der Student mit unverhohlener Schadenfreude ausgesprochen, aus der Eichendorff eine Spur Neid herauszulesen glaubte. So jung und doch schon so verbittert, ging es dem Alten durch den Kopf. Er hätte ihn gern noch das eine oder andere gefragt, doch Otto trat zu ihnen hinzu und der Student, plötzlich unruhig geworden, schickte sich an zu gehen.

»Also wie gesagt, Sie finden ihn in der Aula«, meinte er, diesmal in einem möglichst sachlichen Ton, wobei er vor Eichendorff leicht den Kopf neigte. »Professor Kleinschmidt wird in etwa einer Viertelstunde schließen. Auf Wiedersehen!«

Eilig verließ er das Vestibül, ohne sich noch einmal nach den Zurückgebliebenen umzusehen. Eichendorff sah ihm nachdenklich hinterher. »Eigentlich müssten alle denselben Bedingungen unterworfen sein«, murmelte er.

Otto verstand nicht. »Was meinst du damit, Großvater?«

Eichendorff fuhr sich durch das weiße Haar und winkte lächelnd ab. »Ich habe übrigens niemanden finden können, der uns weiterhelfen könnte. Da war zwar ein Sekretär, aber der wusste nichts.«

Der Alte klopfte Otto auf die Schultern. »Gut«, sagte er, »ich weiß inzwischen, wo sich unser Herr Klein aufhält. Wir können draußen in aller Ruhe warten.«

»Aber haben wir denn so viel Zeit?«, fragte Otto besorgt.

Eichendorff nickte verstehend. Auch er war über die weitere Verzögerung nicht gerade erheitert. »In manche Verläufe lässt es sich nicht einfach so eingreifen, egal, ob sie bedeutend sind oder nicht«, erklärte er grüblerisch. »Und ich befürchte, dass eine akademische Vorlesung zu eben solchen Verläufen zählt. Es schickt sich einfach nicht, einem Professor ins Wort zu fallen, geschweige denn, seine Veranstaltung zu unterbrechen – wir können nur warten.«

Mit diesen Worten machte Eichendorff kehrt, hakte sich bei Otto unter und verließ mit diesem das Vestibül des Universitätsgebäudes.

VIII.

Es fiel Eichendorff nicht schwer, Andreas Klein unter den Studenten, die durch die drei Eingangstore des Gebäudes strömten, auszumachen. Einerseits schien es eine sehr exklusive Veranstaltung zu sein, die entweder den fortgeschrittenen Studenten vorbehalten oder aber entsprechend teuer war. Andererseits stach der abgerissene Kerl unter den anderen jungen Männern hervor, denn von Weitem schon sah man ihm an, dass er dem verschlafenen Aussehen und dem wankenden Gang nach jüngst wohl eher eine der Kneipen am Stadtrand als einen Seminarraum verlassen hatte.

Sofort näherte sich Eichendorff dem Angeschlagenen, und ohne sich großartig vorzustellen, packte er ihn entschlossen am Arm und löste ihn von der Gruppe, die sich um Klein herum tummelte. Dieser zeigte sich von dem unerwarteten, doch nichtsdestotrotz energischen Angriff des fast ein wenig gebrechlich wirkenden Mannes so überrascht, dass er sich kaum zur Wehr setzte und sich sprachlos von dem merkwürdigen Alten fortschleifen ließ.

»Sie sind in großer Gefahr, mein Freund«, raunte ihm Eichendorff unmerklich zu. »Kommen Sie mit!«

Dicht gefolgt von Otto zog der Alte den Studenten mit sich über den Universitätsplatz, wo Eichendorff irritiert stehen blieb. Hier hatte sich zu seinen Studienzeiten die alte Stadtmauer befunden, in deren Schatten er ein ernstliches Gespräch mit Klein zu führen gedacht hatte. Nun fand er den Platz leer vor, denn die Mauer war geschleift und die Kuppe des Petersbergs abgetragen worden.

»Was wollen Sie eigentlich von mir, wenn ich fragen darf?«, brachte Klein endlich heraus und versuchte, Eichendorffs festen Griff zu lockern, doch umsonst.

Der Alte sah ihn fragend an. »Das wüsste ich auch gern. Aber zuerst möchte ich wissen, wo man in dieser Gegend ungestört sein kann. Hier hat sich so viel verändert.«

Klein kratzte sich mit dem freien Arm gelassen am Kinn. »Sie waren lange nicht mehr in Halle, nicht wahr? Kennen Sie denn das Schauspielhaus nicht?«

Eichendorff besah sich den hässlichen, da schmucklosen steinernen Kasten auf der gegenüberliegenden Seite der Straße. »So was«, meinte er nur, doch schnell besann er sich wieder. »Wo also hin? Die Zeit drängt!«, mahnte er, ohne dass Klein verstand.

»Erklären Sie sich erst! Ich gehe keinen weiteren Schritt mit Ihnen, bevor Sie mir nicht mitgeteilt haben, was Sie von mir wollen«, forderte er bestimmt, und da Eichendorff kein Aufsehen erregen wollte und wohl auch kaum in der Lage war, den sich nun ernstlich Sträubenden weiter nach Belieben mit sich zu ziehen, zeigte er schließlich Einsicht.

»Ich sage es Ihnen lieber gleich im Voraus«, setzte Eichendorff zögerlich an, wobei er endlich Kleins Arm losließ. »Die nun folgende Unterhaltung wird Ihnen recht unangenehm sein, weshalb ich vorschlage, dass wir schleunigst einen ruhigen Ort aufsuchen sollten, um vertraulich sein zu können.«

Doch Klein verweigerte sich noch immer. Eichendorff merkte es an dem trotzigen Gehabe des Studenten, dass dieser einer von jenen aufgeblasenen Männern war, die es ihr Umfeld zwanghaft spüren lassen mussten, aus welchen vorzüglichen Familien sie entstammten. Sturheit und getarnte Einfalt glaubte Eichendorff im Betragen Kleins auszumachen, aber für persönliche Befindlichkeiten war keine Zeit, längst nicht mehr! »Sie kennen doch die Gräfin von Plötzkau, oder irre ich mich?«, fragte er deshalb gleichsam direkt wie indiskret.

Sofort veränderte sich Kleins unmögliches Verhalten. Er hob ängstlich die Hände, als wollte er Eichendorffs Worte abschirmen oder ein weiteres Ausplaudern von Vertraulichkeiten tunlichst unterbinden. Dabei blickte er sich eilig um, ob auch niemand in der Nähe sei, der zufällig einiges aufschnappen könnte von dem, was Eichendorff so knapp angerissen hatte. »Nicht hier!«, beschied nun auch Klein. »Kommen Sie mit.«

Damit führte er Eichendorff und Otto über die Alte Promenade hinunter in die schmalen Seitengassen, die durch das vor dem Steintor gelegene Viertel führten. Klein schien nun angespannt zu sein, als hätte Eichendorff einen wunden Punkt bei ihm getroffen. Dieser traute dem Studenten keinesfalls einen Mord zu, dafür fehlte es ihm scheinbar an Kaltblütigkeit. Doch gänzlich sicher konnte sich Eichendorff auch zum jetzigen Zeitpunkt nicht sein.

Klein schritt seinen Begleitern immer etwas voran, spähte nervös die Häuserzeilen nach möglicherweise offen stehenden Fenstern aus und strebte dem Anschein nach einem stilleren Ort zu, doch plötzlich drehte er sich zu Eichendorff um und rief mit fiebriger Stimme: »Sie wollen mich also zur Rechenschaft ziehen, ja? Nun gut, dann verzögern wir die Angelegenheit nicht weiter. Klären wir die Affäre, wie es unter Ehrenmännern üblich ist. Wählen Sie: Pistolen oder Degen!«

Eichendorff sah den jungen Mann verblüfft an. »Sie denken, ich wolle Sie zum Duell fordern?«

Klein zuckte nachlässig mit den Schultern. »Was sonst? Wollen Sie es vielleicht publik machen? Was hätten Sie davon?«

Misstrauisch beäugte Eichendorff sein Gegenüber. Verstellte sich dieser oder war er tatsächlich derart arglos? »Seien Sie nicht dumm!«, herrschte er Klein schließlich an. »Jugendlicher Leichtsinn mag Ihnen vielleicht gut zu Gesicht stehen und vielleicht ist dies auch alles, was Sie vorzuweisen haben, aber für den wahren romantischen Übermut fehlt Ihnen eindeutig der Schneid.«

Otto grinste schelmisch. Ihm gefiel es zu sehen, wie dem anderen Jugendlichen, der bislang in seinen Augen viel zu selbstüberzeugt aufgetreten war, nun langsam die ernste Miene entglitt. Zögerlich versuchte Klein, seiner Verwunderung Einhalt zu gebieten. »Sie fordern also kein Duell?«

Nun wurde es Eichendorff entschieden zu bunt. Hatte er Klein wirklich so verunsichert oder verbarg sich hinter dem albernen Gehabe ein dilettantischer Blödian? »Nun hören Sie aber auf!«, rief er und knuffte Klein in die Seite. »Wer führt denn heute noch Duelle? Sie würden wegen dieser Bagatelle von der Universität geschmissen werden und wer weiß, wie Ihr Vater reagieren würde! Damit ruiniert man doch nicht seinen Ruf, ich bitte Sie! Ehrlich, Mann, Sie lesen zu viel Schundliteratur!«

Klein begriff noch immer nicht recht, auch wenn er sich inzwischen einigermaßen gefasst hatte. »Sie wollen mich also nicht zur Rechenschaft ziehen wegen der Sache mit Johanna, ich meine, mit der Frau von Plötzkau …?«

»Ach was!«, unterbrach ihn Eichendorff, nun doch etwas mehr in einem nachsichtigeren Ton. »Natürlich ist dies nicht gerade eine sehr ansehnliche Geschichte und vor nicht allzu langer Zeit hätte das für Sie bittere Konsequenzen gehabt. Aber darum soll es uns nicht gehen.« Eichendorff ging für einen Moment in sich, bevor er fortfuhr. »Woher kennen Sie die Gräfin?«

Klein runzelte die Stirn, als schien er intensiv nachzudenken. »Sie wollen mir also nicht meine Verbindung mit ihr vorhalten?«, fragte er schließlich, was Eichendorff erneut verneinte. »Und Sie wollen auch keinen öffentlichen Skandal daraus machen?«, hakte Klein nach und bekam dieselbe Antwort. »Dann verstehe ich nicht, warum ich mich Ihnen anvertrauen sollte. Wer sind Sie eigentlich und mit welchem Recht stöbern Sie in meinem Privatleben herum?«

Die bekannte selbstsichere Arroganz war in Kleins Blick zurückgekehrt, doch diesmal erregte sie Eichendorff über alle Maßen. »Sie

Einfaltspinsel!«, rief er erzürnt. »Was stellen Sie hier für beschränkte Fragen? Sie wollen wissen, worum es bei all dem Gewese geht, ja wirklich? Dann verzichte ich allzu gern auf jedes weitere Versteckspiel und die Rücksichtnahme auf Ihr wahrlich kindliches Gemüt. Die Gräfin ist tot, ermordet, da haben Sie's! Und wollen Sie noch etwas wissen? Man sucht Sie bereits. Sie gelten als dringend tatverdächtig!«

Eichendorff hatte dem jungen Mann die Sätze wie eine harte Hand um die Ohren gehauen und hätte gern noch mehr gesagt, doch Kleins starrer Gesichtsausdruck hielt den Alten zurück.

»Wie meinen Sie das, ermordet?«, fragte er bestürzt, worauf Eichendorff wütend mit seinem Gehstock auf das Straßenpflaster schlug.

»Nun stellen Sie sich doch nicht so an! Wer wird denn so begriffsstutzig sein!« Es war tatsächlich zum Aus-der-Haut-Fahren! Da war der Bengel ungestüm genug, um eine Affäre mit einer sowohl älteren, als auch gleichermaßen höhergestellten Dame zu unterhalten, wobei er mit jedem Stelldichein das Ansehen seiner gesamten Familie aufs Spiel setzte, und nun verhielt er sich derart ungeschickt, dass es an Dummheit grenzte.

»Ermordet …«, murmelte Klein verstört und konnte sich nicht länger auf den Beinen halten. Wankend fiel er in Ottos Arme, der rasch herbeigeeilt war.

Eichendorff atmete tief durch. Auch das noch, dachte er ungeduldig. »Hören Sie, ich möchte ehrlich zu Ihnen sein«, sagte er bedächtig zu Klein, der in hoffnungslosen Gedanken zu versinken drohte. »Ich würde gern Licht in diese merkwürdige Angelegenheit bringen, denn obwohl Sie mir äußerst unsympathisch sind, glaube ich nicht, dass Sie der Mörder der Gräfin sind.«

Klein blickte überrascht auf. »Das glauben Sie nicht?«, fragte er hoffnungsvoll.

Eichendorff verneinte. »Andernfalls hätte ich Sie getrost der Landjägerschaft überlassen können. Aber um Ihren Kopf aus der Schlinge zu ziehen, brauche ich einige Angaben von Ihnen.«

»Steht es wirklich so ernst um mich?«

Eichendorff versuchte vergeblich, irgendetwas in Kleins Augen zu lesen. »Ich fürchte, ja«, meinte er recht bestimmt. »Immerhin war die Gräfin eine Verwandte des Herzogs, der Mord hat somit verständlicherweise oberste Priorität. Und in Zeiten wie diesen dürfte dem Täter kein Pardon gewährt werden, im Gegenteil. Ein Exempel wird an ihm statuiert werden.«

Der Student nickte nachdenklich. Endlich machte er wieder einen gefassteren Eindruck auf Eichendorff. Vielleicht war es doch alles etwas zu viel mit einem Mal. Möglicherweise waren tiefere Gefühle im Spiel, was Eichendorff bislang völlig außer Acht gelassen hatte. Und dann handelte es sich um nichts Geringeres als Mord, eine Todsünde, dazu drohte eine Gefangennahme, herbeigeführt von den nahenden Häschern des Herzogs – vielleicht gar die Hinrichtung eines Unschuldigen! All dies brauchte wohl eine gewisse Zeit, um von Klein verstanden und einigermaßen verkraftet zu werden. Eichendorff wurde reumütig, als sich der Student langsam von Otto losmachte und sich zur Besinnung gekommen über den Rock fuhr, als würde er seine Kleidung auf ihren korrekten Sitz kontrollieren. Er war zu hart zu dem Kerl gewesen, dachte Eichendorff bei sich. Wahrscheinlich hatte er nicht einmal geahnt, worauf er sich bei dem Verhältnis mit der Gräfin eingelassen hatte, geschweige denn, was ihm nun, nach deren gewaltsamen Tod, drohte.

»Ich lernte Johanna bei einem Ausritt nach Köthen kennen«, erklärte Klein gefasst. »Freunde hatten mich dorthin begleitet, da wir einer Aufführung im Schauspielhaus beiwohnen wollten. Nun, es war ein recht vergnüglicher Abend in einem zauberhaften Ambiente, denn das Gebäude war ursprünglich als Orangerie angelegt und von einem besonderen Reiz. Aber ich schweife ab«, ermahnte sich Klein selbst und sah entschuldigend auf. »Vielleicht sollten wir uns ein wenig die Beine vertreten«, schlug er vor.

Doch Eichendorff lehnte ab. »Dafür bleibt keine Zeit mehr. Wenn Sie unbedingt einen Skandal vermeiden wollen, müssen Sie sich den Landjägern stellen, bevor deren Suche nach Ihnen hier in Halle publik wird. Also erzählen Sie geschwind weiter!«

Klein nickte besorgt. »Sie werden sicherlich recht haben. Wie dem auch sei, Johanna befand sich ebenfalls im Publikum, sie saß selbstverständlich in der ersten Reihe, vielleicht erregte sie deshalb meine Aufmerksamkeit. Und nun ist sie tot …«

»Liebten Sie sie?«, unterbrach Eichendorff den Studenten, der drohte, von einer rührseligen Erinnerung gepackt zu werden. Dieser zögerte mit einer Antwort.

»Doch Sie nahmen ein Verhältnis mit der Gräfin auf?«, fragte Eichendorff weiter, worauf Klein beklommen zustimmte. »Ja, es ergab sich sogleich ein reger Austausch zwischen Johanna – ich meine der Gräfin – und mir. Um niemanden davon wissen zu lassen, verabredeten wir unsere Zusammenkünfte oft über mehrere Tage im Voraus, indem wir uns eifrig Briefe schrieben.«

Eichendorff wurde langsam ungeduldig. »Und doch ist Ihnen jemand auf die Schliche gekommen«, bemerkte er trocken.

Klein wollte dies nicht wahrhaben und appellierte an all die Vorsicht, die er hatte walten lassen, doch Eichendorff schwenkte abwiegelnd mit seinem Gehstock durch die Luft. »Trotzdem wusste jemand von der Affäre, denken Sie doch einmal nach. Glauben Sie allen Ernstes, dass die Gendarmerie innerhalb von nur wenigen Stunden ausgerechnet auf Ihre Fährte gestoßen sein könnte? Zwar trug die Gräfin zum Zeitpunkt ihres Todes einige Briefe von Ihnen bei sich und ich vermute, dass hierbei niemand Außenstehendes die Finger im Spiel hatte. Doch die Unordnung in ihrer Wohnung in der Ritterstraße musste zwangsläufig auf einen Einbruch hindeuten. Und da augenscheinlich nichts entwendet wurde außer sämtlichen übrigen Briefen vom Schreibtisch der Gräfin, musste der Verdacht doch ausschließlich auf Sie fallen.«

Klein lächelte verschmitzt. »Und doch verdächtigen Sie mich nicht. Ich hatte es bereits am Anfang unseres Gesprächs bemerkt und jetzt ist es mir noch deutlicher geworden. Sie scheinen mir diese Untat nicht zuzutrauen, obwohl alle Zeichen gegen mich sprechen. Wie kommt das?«

Eichendorff musste nun auch lächeln. Dieser junge Mann war zwar ziemlich schwer von Begriff, doch hier und da zeigte er doch ansatzweise so etwas wie Bauernschläue, die ihm selbst die Universität noch nicht hatte austreiben können.

»Es wäre zu offensichtlich«, gab Eichendorff knapp zur Antwort.

»Sonst nichts?« Andreas Klein zeigte sich überrascht. »Sie kommen aus Köthen hierher, nur weil Ihnen die Zusammenhänge zu offensichtlich erscheinen? Haben Sie keine anderen Trümpfe in der Hand, um mich vor einem Fehlurteil zu bewahren? O mein Gott, vielleicht sollte ich mich doch lieber aus der Stadt flüchten, bevor es zu spät ist.«

Wieder erregte die Unbedachtheit Kleins Eichendorffs Gemüt. »Das werden Sie nicht tun!«, polterte er heftig. »Selbst wenn Sie sich verbergen könnten, würde Ihre Schande doch auf Ihre Familie zurückfallen. Sie bleiben hier und stellen sich, verdammt noch mal!«

Dieser Fluch ließ Otto und Klein gleichermaßen aufhorchen, denn beide hatten den Alten bislang noch nie fluchen hören. Eichendorff aber achtete überhaupt nicht auf die Irritation der anderen und fuhr unmissverständlich fort. »Sie werden wenigstens einigen unbequemen Nächten im Gefängnis nicht entgehen können. Aber wenn Sie nicht zusätzlich noch die Bekanntschaft mit dem Galgen machen möchten, dann rate ich Ihnen, mir unverzüglich die gewünschten Auskünfte zu geben und sich nicht in heillosem Selbstmitleid zu vergessen! Also erklären Sie sich: Wann waren Sie zuletzt mit der Gräfin zusammen?«

Andreas Klein raffte nach den bissigen Worten Eichendorffs seinen gesamten Anstand zusammen und berichtete nun detailliert und doch bündig von diesem letzten Zusammentreffen mit Johanna Augusta von Plötzkau, das in Geuz stattgefunden hatte. Dort, keine Viertelstunde von Köthen entfernt, waren sie fernab der Öffentlichkeit in den herzoglichen Gartenanlagen flanieren gewesen, wobei die Gräfin ihrem Liebhaber erstmals von einer leichten Erkrankung erzählt hatte. Klein hatte sofort Schlimmstes befürchtet, war allerdings von der Gräfin schnell vertröstet worden. Sie hätte sich lediglich ein leichtes Leiden zugezogen, weswegen sie sich auch nur eine einzige Woche der Trennung ausbat, die sie in der örtlichen Klinik zubringen wollte.

»Gegen fünf Uhr am Nachmittag trennten wir uns«, schloss Klein seinen Bericht. »Während die Gräfin das nahe liegende Schloss aufsuchte, um dort die Nacht zuzubringen, wanderte ich zurück nach Köthen, von wo aus ich den Sechs-Uhr-Zug bestieg, der mich nach Halle zurückbrachte. Seitdem habe ich sie nicht wieder gesehen und auch keine Briefe mehr erhalten.«

»Sie sind dumm!«, beschied Eichendorff dem Studenten, der sich sofort darüber empören wollte, doch der Alte ließ ihn überhaupt nicht erst zu Wort kommen. »Wie können Sie aufrichtig glauben, unbeobachtet gewesen zu sein, wenn Sie sich mit der Gräfin an Orten wie Geuz verabredet haben, wo doch allseits bekannt ist, dass jeder wohlhabende Bürger Köthens dort seinen Landsitz hat? Da hätten Sie Ihre Stelldicheins doch gleich auf die Mühlberge im Süden der Stadt verlegen können, damit Sie bloß jeder bemerkte. Also wirklich!«, besann sich Eichendorff, »ich hätte zumindest von der Gräfin mehr Verstand erwartet.«

»Wollen Sie etwa eine Dame beleidigen?«, fuhr ihn Klein plötzlich an, doch bevor Eichendorff sich erneut über den naiven Heißsporn erzürnen konnte, passierte eine Gruppe Berittener die Straße und Eichendorff erinnerte sich ebenso wie Klein der eigentlichen Situation.

»Ich schenke Ihnen Glauben«, erklärte Eichendorff, »doch wenn ich mich nicht irre, haben Sie nichts zu der Überführung des wahren Täters beizutragen, weshalb ich keinen Grund sehe, Ihre Überstellung an die Landjäger weiter hinauszuzögern.«

Klein schluckte schwer. »Aber Sie werden mich doch in dieser Stunde nicht fallen lassen?«, fragte er beklommen.

»Nein, das gewiss nicht«, meinte Eichendorff bestimmt. »Aber trotzdem sollten Sie sich keine Wundertaten erhoffen, auch wenn ich mein Möglichstes tun werde. Sie sollten sich zunächst am besten zurück in Ihre Herberge begeben, denn dort werden die Gendarmen zuerst nach Ihnen fahnden. Ich nehme an, dass wir uns bald schon in Köthen wiedersehen werden. Nur eins noch: Wo verbrachten Sie den letzten Abend?«

Klein starrte Eichendorff erbost an. »Also treten Sie doch nicht für mich ein?«, fragte er erhitzt. »Sie verdächtigen mich ja!«

»Es soll alles seine Richtigkeit haben«, erklärte Eichendorff, diesmal von dem jugendlichen Starrsinn Kleins unbeeindruckt. »Sie müssen dem Richter schon Beweise für Ihre Unschuld geben, wenn Sie über alle Zweifel erhaben sein wollen. Also antworten Sie! Wo verbrachten Sie den gestrigen Abend und die darauffolgende Nacht?«

»Ich verstehe. Zu der gegebenen Zeit hielt ich mich hier in Halle auf«, meinte Klein. »Und was die Angelegenheit nicht gerade einfacher macht, ist der Umstand, dass ich Ihnen hierfür keine Zeugen nennen kann, da ich über die Wiesen im Amt Giebichenstein flanierte.«

»Den ganzen Abend über?«, fragte der Alte misstrauisch.

»Bis in die Nacht hinein!«, versicherte der Student ohne zu zögern.

Eichendorff gab sich mit dieser Antwort zufrieden, auch wenn sie ihm kaum half, den Verdacht gegen Klein zu entkräften. »Also haben wir vorläufig so gut wie nichts in der Hand«, entfuhr es Eichendorff.

Klein nickte schweren Herzens. Die negativen Neuigkeiten der letzten Minuten, die harte Auseinandersetzung mit dem Alten und die damit verbundenen zahlreichen Stimmungsschwankungen zwischen Verzweiflung, Überlegenheit, Trauer und Zorn hatten ihm heftig zugesetzt. Zusätzlich sah er sich einer gänzlich ungewissen Zukunft ausgesetzt, die sich in den kommenden Stunden, spätestens in ein paar kurzen Tagen entscheiden sollte. Niedergeschlagen verabschiedete sich Andreas Klein von Eichendorff und Otto, nicht ohne von dem Alten noch einmal ermahnt worden zu sein, sich den Jägern auch wirklich unverzüglich zu stellen, da dies nur zum Besten seiner selbst sei. Dann trottete der Student missvergnügt durch die enge Gasse und bog in die Große Steinstraße ein, während Eichendorffs kritischer Blick auf seinem Rücken haftete.

Otto sah seinen Großvater ratlos an. »Und was nun? Die letzte Eisenbahn nach Köthen ist längst abgefahren.« Eichendorff zeigte sich amüsiert.

»Oh, verzeih, dass ich dich erst jetzt mit meinen Überlegungen vertraut mache, aber ich hatte eigentlich nicht vor, heute nach Anhalt zurückzukehren.«

Gespannt erwartete Otto die Erklärung hierfür, doch Eichendorff hatte es nicht eilig damit. Überhaupt schien jeder Zeitdruck von ihm gefallen, so vergnügt wirkte der Alte plötzlich. Elegant ließ er den Stock in seiner Rechten kreisen und spazierte auf die Große Steinstraße hinaus. »Ich weiß nicht, wie es dir geht«, meinte er betont lässig, »aber ich habe einen Bärenhunger. Früher stand hier einmal unweit das Gasthaus *Zum schwarzen Adler*, aber heute sollten wir vielleicht doch lieber erster Klasse speisen, oder etwa nicht?«

Otto wollte nicht so recht die freudige Stimmung seines Großvaters teilen, worauf ihm dieser zuraunte: »Dann will ich dir auch sagen, wobei ich deine dringende Unterstützung brauche. Also, was meinst du: Essen die Herren Flechtmann heute im Gasthaus *Zur Stadt Hamburg* oder eher am Markt, im *Goldenen Ring*?«

IX.

In der Großen Steinstraße Nummer 167, gerade dort, wo sich die Straße mit der Alten Promenade kreuzte, die wiederum vom abgeflachten Petersberg entlang der inzwischen beseitigten Stadtmauer am Leipziger Turm vorbei nach Süden, nach Glaucha, führte, befand sich das Gasthaus *Zur Stadt Hamburg*, das ebenso wie das Generalpostamt auf der gegenüberliegenden Seite der Alten Promenade erst vor wenigen Jahren im neoklassizistischen Stil errichtet worden war und bereits jetzt schon zu den ersten Adressen der Stadt zählte.

Otto wusste, dass sich sein Großvater das Speisen in einer solch noblen Einrichtung eigentlich nicht leisten konnte, doch als er ihn darauf ansprach und ihm stattdessen vorschlug, doch lieber in eines der preiswerteren Gasthäuser am Markt einzukehren, schlug Eichendorff die Bedenken seines Enkels lachend ab.

»Heute müssen wir einmal eine Ausnahme machen, mein Lieber«, erklärte er verschwörerisch, »und deine Großmutter wird es uns sicher verzeihen, wenn wir etwas über unsere eigentlichen Verhältnisse leben. Aber wir repräsentieren schließlich Flechtmann und Söhne, ein Traditionsunternehmen aus Karlsberg im Glatzer Land, und als solche Herren aus der gehobenen Kaufmannschaft gebühren uns nur die erstklassigen Häuser.«

Otto verstand nicht recht. Bislang hatte er vermutet, dass die falschen Angaben zu seiner Person, die Eichendorff im Gasthaus *Zum Kronprinzen* gemacht hatte, lediglich der Kontaktaufnahme mit Andreas Klein gedient hatten. Nie hätte er sich erträumen lassen, dass sein Großvater noch einmal von dieser List würde Gebrauch machen, geschweige denn in einem anderen Gasthaus.

Eichendorff, der den fragenden Blick Ottos bemerkt hatte, entschloss sich, ihn endlich ganz ins Vertrauen zu ziehen. »Sieh einmal«, setzte er flüsternd an, »Wir werden hier noch einige Zeit verbringen müssen, damit ich alle Informationen bekomme, die ich benötige, um den Mord an der Gräfin von Plötzkau aufzuklären. Klein konnte uns kaum weiterhelfen, zum einen aus Dummheit, zum anderen aus Verschwiegenheit, was in diesem konkreten Fall ebenfalls Dummheit ist.«

Otto horchte überrascht auf. Ihm war nicht aufgefallen, dass der Student etwas verheimlicht hatte.

»Doch in dieser überschaubaren Provinzstadt«, fuhr Eichendorff derweil fort, »wo sich die Angehörigen derselben gehobenen Gesellschaftsschicht selbstverständlich kennen, vor allem, wenn sie dazu auch noch im selben Gewerbe tätig sind, wäre es äußerst unachtsam, in zwei Gasthäusern, die nur einen Steinwurf voneinander entfernt liegen, unter verschiedenen Namen einzukehren. Also sind wir heute den ganzen Abend über die Herren Johann Christoph und Jakob Flechtmann.«

»Ich werde somit tatsächlich im *Kronprinzen* übernachten?«, fragte Otto ungläubig.

»Aber natürlich«, gab Eichendorff zur Antwort, als sei es das Selbstverständlichste der Welt. »Die Verhaftung Kleins wird zumindest im Marktviertel für eine Sensation sorgen, so viel ist sicher. Und da können wir doch nicht noch mit dem rätselhaften Verschwinden eines angekündigten Gasts von deinem Format bei Goldstein aufwarten. Wir würden nur unnötigen Verdacht auf uns lenken.«

Damit betrat Eichendorff das Gasthaus durch den Haupteingang und hielt seinem Enkel die Türe auf, bevor der Portier zur Stelle war, der höflich den Hut vor den eintretenden Gästen zog und sie über einige Stufen hinweg zu der Rezeption führte, hinter der ein gepflegter Mann mittleren Alters damit beschäftigt war, diverse Aufzeichnungen mit einem Laufburschen abzugleichen, wovon er jedoch sofort abließ, sowie er Eichendorff gewahr wurde.

»Ich habe die Ehre und Freude, Sie im Namen der Geschäftsleitung und des gesamten Hauspersonals hier im Gasthaus *Zur Stadt Hamburg* zu begrüßen«, erklärte der Mann mit einer angenehm sonoren Stimme, die vermuten ließ, dass er nicht aus der Region stammte oder sehr an seinem Sprachklang gearbeitet hatte. »Mein Name ist Angelus Mehl. Womit kann ich Ihnen dienen?«

Eichendorff stellte sich unverzüglich in angemessener Würde als ebenjener erdachte Kaufmann aus Karlsberg vor und bat um ein Zimmer für diese Nacht, jedoch ausschließlich für seine Person, da sein Enkel bereits anderweitig Quartier in der Stadt bezogen hätte.

Mehl sagte Eichendorff eine standesentsprechende Räumlichkeit zu, ohne dazu in seinem Geschäftsbuch nachsehen zu müssen, und bot sich an, sogleich nach einem Zimmerjungen zu läuten, damit dieser die Reisenden zur Besichtigung nach oben führen könnte, doch Eichendorff lehnte höflich ab. »Zuallererst würde ich sehr gern die Dienste Ihrer Wirtsstube in Anspruch nehmen. In meinem Alter ist der Hunger kein leichtes Ding mehr«, scherzte er vergnügt, worauf Mehl sofort sein Verständnis beteuerte, hinter dem Tresen hervortrat und Eichendorff persönlich zum Restaurant führte.

Dieses befand sich in einem lang gestreckten Raum, der sich an das kleine Vestibül des Gasthauses anschloss und von mehreren Tischecken ausgefüllt wurde, die äußerst manierlich zugerichtet waren. Während die der Tür gegenüberliegende Wand des Saals durch vier, fünf Fenster den Blick auf die Straße freigab, auf der sich zu dieser mittlerweile fortgeschrittenen Stunde nur noch wenig Fußvolk herumtrieb, war die Türseite des Restaurants mit historisierenden Gemälden dicht behangen, wobei sich Szenen des wildesten Schlachtgetümmels mit imposanten Porträts bedeutender Kaiser und Fürsten in loser Folge abwechselten.

Da die meisten Gäste des Hauses bereits zu Abend gegessen hatten und der Saal nur noch von wenigen Personen genutzt wurde, hatten Eichendorff und Otto die freie Platzwahl und entschieden sich für einen Tisch an der Stirnseite des Raumes, wo sie nahe der Fenster und im Schatten einer Darstellung des übergewichtigen Herzogs Johann Friedrich von Sachsen, dem Führer des protestantischen Lagers während des Schmalkaldischen Kriegs, saßen.

Eichendorff interessierte sich jedoch kaum für den Text, der in goldgelber Farbe unter dem Portrait des Herzogs aufgetragen war, sondern studierte viel lieber die Speisekarte. Als schließlich der Wirt am Tisch der neuen Gäste erschien, orderte Eichendorff eine zarte Pilzsuppe, dazu Krautrouladen mit Bratkartoffeln und einen Krug Torgauer. Otto wollte seinem Großvater in nichts nachstehen und bestellte ebenfalls einen ganzen Krug Bier, dazu jedoch eine Sauermehlsuppe zur Vorspeise, gefolgt von Häckerlen mit Pellkartoffeln und Mohnklößen zum Dessert. Der Wirt nahm die Bestellung dankend entgegen, verbeugte sich artig und beeilte sich, den Männern die Krüge zu reichen.

Eichendorff nahm einen tiefen Zug von seinem Bier und atmete befreit auf. »So etwas Gutes lob ich mir!«, stieß er zufrieden aus. »Da verfliegen alle Sorgen und sind im Nu vergessen!«

Otto trank ebenfalls sofort von seinem Bier, wenn auch mit wesentlich weniger Begeisterung, denn zu viele Gedanken schwirrten ihm durch den Kopf. Seinen Großvater, der sonst eher selten mit ihm gemeinsame Unternehmungen bestritt, wollte er trotzdem nicht mit übereilten Fragen aus seiner kleinen Mußestunde reißen, denn zum einen würde der Alte sicherlich bald genug von allein auf das leidliche Thema zu sprechen kommen, und zum anderen wollte Otto keinesfalls den Eindruck erwecken, er verfüge über einen Mangel an Gewitztheit wie ein gewisser Andreas Klein …

Eichendorff blickte indes gedankenverloren aus dem Fenster, sah eine Zugehfrau mit einem schweren Wäschebündel in einem der

Hauseingänge verschwinden, sah die vereinzelt vorbeiziehenden Bürger, ihre Frauen eng am Arm führend, wie sie verspätet nach Hause gingen, sowie hier und da kleine Gruppen von jungen Leuten, die sich erst jetzt anschickten, die unterhaltsamen Facetten der Stadt zu erkunden. Händler hingegen machte Eichendorff unter den Passanten nicht aus. Der Markt lag zwar nicht allzu fern, wie Eichendorff wusste, doch nutzte das Krämervolk für gewöhnlich die Ulrichstraße, die Leipziger Straße oder vor allem die Marktstraße, die wahlweise hinaus aus der Stadt oder in deren Vororte führten, wo billigere Unterkünfte zur Verfügung standen als hier in der Innenstadt.

Als das Essen serviert wurde, machte sich Eichendorff sofort daran, die Suppe zu vertilgen, wobei er großzügige Brocken von einem bereitgestellten Brotlaib riss und in die Suppe tunkte. Es mundete ihm offenkundig, wie Otto belustigt feststellte.

Augenscheinlich zitterten Eichendorffs Hände wieder ein wenig, wie es seit mehreren Wochen gelegentlich der Fall war. Niemand hatte es bislang angesprochen, selbst Maly hatte sich tunlichst zurückgehalten, dem Dichter gegenüber zu erwähnen, dass er mit seiner tattrigen Hand Brotkrummen auf der Tischdecke verstreute und den Löffel nicht mehr sicher zum Mund führen konnte.

Eichendorff selbst war diese neue Tücke des Alters keinesfalls verborgen geblieben. Er erzürnte und schämte sich ihrer zugleich und gerade heute, nach einem unverhofft anstrengenden und kräftezehrenden Tag, hatte er sehr mit der Beherrschung seiner Hand zu kämpfen.

Nichtsdestotrotz versuchte er, die Zeichen des allmählichen Verfalls zu leugnen, um letztlich doch noch den Sieg der Willenskraft über den Körper zu feiern, diesen schmerzlichen Sieg auf Zeit, bevor das allerletzte Ende nahte.

Über den Tellerrand betrachtete er Otto. Dieser hatte sich damit abgefunden, dass es sein Großvater vorzog, schweigend zu essen, und war ganz mit dem Häuten seiner Kartoffeln beschäftigt, wobei Eichendorff nicht entging, wie geschickt sein Enkel mit dem Messer umzugehen wusste.

»Nun, Jakob«, meinte er und lehnte sich in seinem Stuhl zurück. »Kommen wir doch einmal auf die bevorstehenden Stunden zu sprechen.«

Otto, von Neugier gepackt, hob sofort den Blick von seinem Mahl und sah Eichendorff wissbegierig in die Augen.

»Wir benötigen an erster Stelle Beweise – welcher Art auch immer –, um Andreas Klein zu retten. Dafür brauche ich dich. Du musst herausfinden, wo sich Klein gestern Abend aufgehalten hat.«

»Aber das wissen wir doch schon«, meinte Otto verblüfft. »Er spazierte durch die Gärten von Giebichenstein.«

Eichendorff nickte bedächtig. »Ja, das sagte er. Doch ich denke, dass dies nicht ganz der Wahrheit entspricht, denn wie erklärt sich sein ramponierter Zustand, in dem wir ihn noch vor wenigen Stunden angetroffen haben und der doch eindeutig nur auf einen sehr ungezügelten Alkoholgenuss schließen lässt?«

»Vielleicht ist er in eine der Gartenschenken eingekehrt, die es dort vermutlich gibt«, mutmaßte Otto, doch Eichendorff ließ sich davon nicht überzeugen. »Er wäre sicher nicht allein gewesen bei so einem Gelage, sondern hätte Saufkumpane um sich gewusst, die ihm sein Alibi bestätigen könnten. Und auch wenn er allein unterwegs gewesen wäre, so hätte er doch bei irgendeinem Kneiper einen größeren Geldbetrag zu begleichen gehabt und könnte zumindest hoffen, dadurch bei jemandem in schwacher Erinnerung geblieben zu sein. Nein, irgendetwas ist faul an Kleins Aussage«, schloss Eichendorff und fädelte nachdenklich ein Stück Kraut auf seine Gabel.

»Aber wie sieht nun meine Aufgabe aus?«, fragte Otto in der Befürchtung, dass sein Großvater zu viel von ihm verlangen könnte und er ihn enttäuschen müsste. Doch Eichendorff lächelte verschmitzt über den Tisch. »Eigentlich ist es sehr leicht, vielleicht aber auch nicht, ich weiß es nicht.«

Otto musste nun lachen. Er wurde aus dem manchmal doch recht wunderlichen Alten nicht schlau. Eichendorff, der sein eigenes Kauderwelsch bemerkt hatte, stimmte in Ottos Lachen ein und vergnügt prosteten sie sich zu.

»Doch nun ernstlich«, raunte Eichendorff seinem Enkel zu. »Ich nehme bestimmt zu Recht an, dass Klein nicht der einzige Student ist, der im *Kronprinzen* logiert. Du begibst dich also nach unserem Essen dorthin zurück – der Wirt kennt dich ja inzwischen, und beziehst dein Zimmer. Sag ihm, dass dein Gepäck leider erst noch angeliefert würde, sonst schöpft dieser neugierige Goldstein noch Verdacht. Anschließend – und das ist der eher problematische Teil deiner Aufgabe – versuchst du, noch heute Abend Anschluss zu deinen vermeintlichen Kommilitonen zu suchen. Misch dich ein wenig unter sie, stehe ihnen weder in Prahlerei noch mit dem Alkohol und überhaupt in nichts nach, doch halte die Ohren offen. Lenke die Unterhaltung immer wieder auf Klein, der längst zum brisantesten Gesprächsstoff des Tages geworden sein dürfte, aber lass dir nichts anmerken. Bohre nicht zu unnachgiebig und verbirg dein Interesse.«

Otto begriff. Vor ihm lag eine herausfordernde Aufgabe, die einiges an Geschick verlangte. Deshalb hatte sein Großvater ihn also nach Halle mitgenommen! Aber das bedeutete ja, dass ... »Also wusstest du bereits in Köthen, lange bevor wir Klein trafen, dass du mich unter die Studenten schmuggeln würdest?«, fragte Otto.

»Ja«, gab Eichendorff zu. »Ich hatte meine Vermutungen. Die Jugend Kleins, dazu der Umstand, dass er ortsfremd in Köthen und im *Kronprinzen* untergebracht war, wo seit jeher Studenten logierten – überhaupt die Frechheit des Verhältnisses eines Bürgerlichen zu einer Dame aus altem Adel, all das sprach für einen Verdächtigen aus dem Studentenmilieu. Dass er sein Alibi aber nicht beweisen könnte, war nicht abzusehen. Ich brauchte dich ganz allgemein dafür, um eine zweite Meinung und neutralere Informationen zu beschaffen, und diese Voraussicht hat sich glücklicherweise bewährt.«

Otto dämmerte es allmählich. Trotzdem sah er noch längst nicht alle Schlussfolgerungen seines Großvaters klar von Augen. »Aber wenn du Andreas Klein nicht verdächtigst, obwohl es alle anderen tun, wen vermutest du an seiner statt als Mörder der Gräfin?«

Hier musste Eichendorff seinem Enkel eine Antwort schuldig bleiben. Zu vieles kam ihm selbst noch verworren vor und wollte nicht recht zusammenpassen. Sein erster Verdacht hatte Doktor Lutze gegolten, der nach einer Kurpfuscherei den Tod der Gräfin hatte verschleiern wollen. Auf den ersten Blick schien dieser Vorbehalt gegen den Mediziner plausibel, hatte Lutze doch nicht nur seinen persönlichen Ruf als Wunderheiler, sondern auch die homöopathische Tradition, die sein Vorgänger Hahnemann begründet hatte, zu bewahren. So erschien es Eichendorff auch nur allzu verständlich, dass der Arzt auch sogleich festgesetzt worden war, kaum war die Leiche der Gräfin entdeckt worden. Doch mittlerweile häuften sich Eichendorffs Zweifel an der Täterschaft Lutzes. Warum hätte dieser zum äußersten Mittel greifen und die vielleicht unheilbare oder geschädigte Patientin ermorden sollen? Dieser Gedanke führte in die Irre.

Der Hauptmann der Landjäger dachte wohl ebenso, denn obwohl er den Doktor dingfest machen ließ, hatte er gleichsam die Ermittlungen gegen Andreas Klein aufgenommen. Hinweise für eine Täterschaft des Studenten gab es eigentlich keine, wie Eichendorff wusste, es waren eher die Außergewöhnlichkeit und die Heimlichkeit seiner Bekanntschaft mit der Gräfin und mögliche finanzielle Motive, die Kleins Rolle in diesem Stück merkwürdig erscheinen ließen. Aber sonst? Nur warme Luft und sensationslüsterne Neugier einiger Klatschweiber.

Eichendorf vergaß jedoch nicht, dass es nach wie vor einige Unstimmigkeiten gab, die allesamt auf eine tiefgründigere Verwicklung Kleins hindeuteten, aber trotz allem noch lange keine Beweiskraft hatten. Da war der stümperhaft durchgeführte oder mit Absicht inszenierte Einbruch in das Haus der Gräfin, da war das geheimnisvolle Verschwinden aller habhaften Briefe Kleins aus ihrem Arbeitszimmer – all diese Umstände hatten Eichendorff nicht beeindrucken können. Nach wie vor hatte er an der Unschuldsvermutung festgehalten und Andreas Klein als Mörder ausgeschlossen. Es wäre zu einfach, zu unverfälscht. Jeder noch so beschränkte Ermittler musste diese eine Fährte einschlagen, die direkt zu Klein führte. Es war, als ob der wahre Täter die Fährte direkt zu dem Studenten gelegt hätte …

Kleins Wesen hatte Eichendorff in seinem Zweifel noch bestärkt. Das war kein standhafter, eiskalter Charakter, der blindlings und ohne mit der Wimper zu zucken eine wehrlose Frau niederstach, nicht dieser Möchtegerngroß!

Aber dann war da auch noch Kleins offenkundige Lüge über seinen Verbleib am vergangenen Abend. Wenn er nun auch bezüglich anderer Angaben Eichendorff hatte zum Narren halten wollen? Wenn er auch noch nach dem letzten Stelldichein in den herzoglichen Gärten von Geuz in Köthen gewesen und die Gräfin ermordet haben sollte? Zeitlich bestünde zumindest die Möglichkeit. Klein hätte völlig unbehelligt den Morgenzug nach Halle nehmen und verschlafen in dem Universitätsgebäude auftauchen können. Woher aber der Alkohol? Um sich Mut anzutrinken vor der verdammenswerten Tat? Oder im Anschluss an dieselbe, um Reue wegzuspülen, in einer der Kneipen Köthens? Nein, das wäre zu riskant gewesen, wenn er in der Nähe des Tatorts geblieben wäre – das musste auch ein so einfältiger Geist wie Klein erkannt haben.

Nein, Eichendorff hielt den Studenten nach wie vor für unschuldig. Doch um sich Gewissheit zu verschaffen über dessen Glaubwürdigkeit, brauchte er Ottos Unterstützung. Mit Nachdruck beredete er also seinen Enkel, möglichst überlegt vorzugehen und auch die unauffälligsten Details ernst zu nehmen. Das gemeinsame Mahl hatte längst seine gemütliche Atmosphäre verloren und diente nur noch der verschwörerischen Absprache zwischen dem Alten und seinem Komplizen. Dieser wurde schließlich von Eichendorff gedrängt, möglichst zügig seine Mohnklöße hinter sich zu bringen, um die restlichen Stunden des Tages im *Kronprinzen* nützlich sein zu können. Otto erhob sich denn auch endlich von dem Tisch, säuberte sich den Mund mit dem dafür vorgesehenen Tuch und versprach, sein Bestes zu geben. Eichendorff, der ebenfalls aufgestanden war, reichte seinem Enkel zum Abschied die Hand. »Pass gut auf dich auf«, mahnte er den Jüngeren. »Unter den Studenten herrschen bisweilen sehr raue Sitten.« Bei diesen Worten griff sich Eichendorff in die Tasche seines Mantels, zog ein paar Geldscheine heraus und steckte sie Otto zu. »Man weiß nie, wozu man es gebrauchen kann«, meinte er und umarmte Otto herzlich. »Aber wenn du dreist sein möchtest, dann lass so viel wie möglich anschreiben«, raunte er ihm zu. »Versuche, morgen den Zug kurz vor Mittag zu erreichen. Und nun: Allez!«, rief Eichendorff, dies lauter, worauf sich Otto aus den Armen seines Großvaters losriss und geschwind das Restaurant verließ.

Eichendorff blieb allein zurück. Nun hieß es abwarten und den Dingen ihren Lauf lassen. Da es nichts mehr für ihn zu tun gab, entschied er sich, wieder Platz zu nehmen und noch einen weiteren Krug Bier zu bestellen. Obwohl er sich erschöpft fühlte, auch nach der kräftigenden Mahlzeit, verspürte er noch keinerlei Müdigkeit. Doch was konnte er um diese Uhrzeit noch unternehmen?

Eichendorff beschloss, sich noch etwas die Beine zu vertreten und alsbald zu einem gemächlichen Nachtspaziergang aufzubrechen. Seit seiner Breslauer Gymnasialzeit pflegte er gelegentlich solche einsamen Spaziergänge zu fortgeschrittener Stunde zu unternehmen; meist kamen ihm hierbei die klarsten Gedanken. Er trank ohne zu hasten den zweiten Krug Bier und fühlte sich danach schwer, doch nicht in dem Maße verbraucht, als dass sein Vorhaben unmöglich geworden wäre. Dem dienstfertigen Wirt zahlte er ein gebührliches Trinkgeld aus, verabschiedete sich von ihm, der sich erneut vor dem spendablen Gast verneigte, und verließ, auf seinen Gehstock gestützt, den Speisesaal.

Angelus Mehl stand noch immer hinter der Rezeption und grüßte Eichendorff aufmerksam, als dieser das Vestibül des Gasthauses betrat. »Darf ich Ihnen nun einen Jungen rufen, der Sie auf Ihr Zimmer führt?«, erbot er sich zuvorkommend, doch Eichendorff lehnte ab.

»Ich werde mich noch ein wenig in die Stadt begeben und erst später Ihre Dienste in Anspruch nehmen wollen«, erklärte er freundlich, worauf Mehl verständnisvoll nickte.

»Ich nehme an, dass Sie bei Ihrer Rückkehr nicht mehr mich, sondern meinen Kollegen Herrn Rosenkranz vorfinden werden«, erläuterte Mehl seinem Gast. »Dessen Dienste und selbstverständlich auch die eines Laufburschen werden Ihnen anschließend die gesamte Nacht über zur Verfügung stehen. Ich darf mich also herzlich empfehlen und Sie morgen früh wieder begrüßen.«

Eichendorff zog artig den Hut vor dem so formgewandten Portier und wandte sich zum Gehen der kleinen Treppe zu, die er leichten Fußes hinter sich brachte, um anschließend den Gasthof durch dieselbe Tür zu verlassen, durch die er ihn vor kaum viel mehr als einer Stunde betreten hatte.

Die Straße lag nur schwach beleuchtet vor Eichendorff. Hier und da schimmerte ein gelber Schein durch die Fenster der Wohnstuben entlang der Steinstraße, die außerhalb dieser winzigen Lichtkegel in fahles Dunkel getaucht war, gerade noch hell genug, um sich langsam auf der Straße vorwärtsbewegen und möglichen Passanten ausweichen zu können. Trotz der milden Jahreszeit ging ein kühler Windhauch von Norden her und umspielte erfrischend Eichendorffs Gesicht. Ja, dort, wo sich einst die kleine Kapelle auf dem Petersberg befunden hatte, protzte nun das Schauspielhaus, davor eine breite Fläche, die einer Parkanlage nicht unähnlich schien, doch allzu spärlich von Bäumen bewachsen war, um den Windzug abzumildern, der ungebremst auf die Straßenkreuzung und weiter die Alte Promenade hinabwehte.

Eichendorff wusste nicht recht, wohin er seine Schritte lenken sollte, doch da er weder über den Universitätsplatz zur Moritzburg, noch hinauf zum Steintor wandern wollte, blieb ihm nach kurzem Besinnen nur der Gang entlang der einstigen Stadtmauer. Natürlich hätte er sich auch auf den Marktplatz begeben können, doch verbot sich dies durch den dort sehr wahrscheinlich anzutreffenden Lärm der offenen Wirtshäuser, der die von ihm bevorzugte gedankenvolle Stille unmöglich machen würde. Also schlug Eichendorff den Kragen hoch, bog um das Gasthaus *Zur Stadt Hamburg* und folgte in gemächlicher Geschwindigkeit dem Lauf der Straße, die ihn durch einen veränderten Stadtteil führte.

Mit der Stadtmauer war an dieser Stelle die klare Unterscheidung zwischen Halle und seiner östlich gelegenen Vorstadt gewichen. Stattdessen erhoben sich nun respektable Bürgerhäuser zu beiden Seiten der begrünten Promenade, sodass eine nächtliche Verriegelung der Stadt nach außen hin nicht mehr möglich war und der in der nächtlichen Dunkelheit schwer erkennbare Leipziger Turm am Ende der Straße, der über viele Jahrhunderte Halle an dieser Stelle abgeschirmt hatte, zu einem Relikt aus alten Zeiten herabgesunken war.

Eichendorff genoss diese Veränderung. Wo früher Enge und Beschränktheit geherrscht hatten, wo in schmalen Wohnhäusern Elend, Unrat und Siechtum verbreitet gewesen waren, bot sich ihm nun der völlig neue Anblick eines behutsam verwandelten Stadtviertels. Hier hatte er sich während seines Studiums nur selten hinbegeben, meist in einer sehr merkwürdigen Stimmung, die er damals für Melancholie gehalten hatte und die er später, als er sich angeschickt hatte, in die erste Reihe der deutschen Dichter aufzusteigen, als tief empfundenes Lebensgefühl erkannt hatte, das ihn an einem heimlichen Platz ausfüllte und des poetischen Schreibens befähigte. Es war diese herrliche Empfindung des wohligen Seelenschmerzes, der freudigen Ergriffenheit, die seine Feder führte und ihn seine Umwelt intensiver in Worte wiedergeben ließ, als es vielleicht manch anderer vermochte. Aber dieses Gefühl barg auch seine Tücken, etwa wenn es ganz von ihm Besitz ergriff und in die Abgründe des Denkens stürzte, wenn es ihn traurig stimmte und ihm die Sinne verdüsterte. Dann verfluchte er den unendlichen Schwermut in sich, den nur die empfindsamen Menschen gänzlich fühlen konnten.

Damals, als junger Mann, hatte Eichendorff einen düsteren, entlegenen Ort hier in Halle gefunden, an dem er sich heimisch gefühlt, wenn ihn dieses erdrückende Gefühl der Depression befallen hatte. Zu seiner Zeit war er aus der Stadt, aus dem Kreise seiner Freunde geflüchtet und hatte dort, an jenem geheimen Platz, tröstliche Zuflucht gesucht und meist auch gefunden. Gegenüber dem Bruder Wilhelm, der selten in Melancholie versank und von Kindheit an eine reine Frohnatur gewesen war, hatte Eichendorff seine Exkursionen an den Rand der Stadt verschwiegen, denn es hatte als unschicklich, ja als im höchsten Maße seltsam eigenbrötlerisch gegolten, wenn sich ein junger Mann, wie er es vor fünf

Jahrzehnten gewesen war, an einen derartigen Ort zurückzuziehen pflegte ...

Ob es diesen wohl noch heute gab, dachte Eichendorff bei sich. Und ob von ihm wie einst derselbe romantische Zauber ausgehen würde? Sogleich war des Alten Neugier entfacht, er verließ die Promenade und wandte sich den ersten Häuserzeilen der Vorstadt zu.

Mühsam, aber doch ungebremst erklomm er die leichten Erhebungen des Martinsberges, schritt die neu errichteten, meist klassizistischen Gebäudefassaden ab und fand denn auch schließlich den kurzen, gewundenen Weg zwischen den Häusern, der ihn zu der Friedhofsmauer führte.

Der Stadtgottesacker! Zwischen seinen Mauern schien die Zeit stillzustehen, die Erinnerung an magische Stunden konserviert zu sein bis an den heutigen Tag. Nichts hatte sich hier verändert. Da führten noch immer die von unzähligen Trauernden und Suchenden ausgetretenen Wege quer durch ein Meer von Hunderten Grabstätten, strebten den gegenüberliegenden Toren zu und bildeten so ein ebenmäßiges Kreuz, das stille Zeichen des Triumphes über den Tod. Immer noch ragten die schwarzen Bäume in den Himmel hinauf, gespenstisch und anziehend zugleich. Ihre von Efeuranken überzogene Rinde deutete Untergang, Verfall und doch auch ein Stück Ewigkeit auf Erden. Eichendorff schien es, als sei er erst gestern zum letzten Mal über diesen Friedhof gewandert und habe sich vor einzelnen Grabsteinen niedergekniet, um der jung und hochbetagt Verstorbenen zu gedenken und sich seine eigene Sterblichkeit vor Augen zu führen.

Da entdeckte er auch den steinernen Engel, der weniger den Putten ähnelte, die zuhauf an barocken Schlössern angebracht waren; kindgleich, dicklich und auf spielerische Weise die Größe des Herrn preisend, nein! Dieser Engel erinnerte Eichendorff an die griechischen Statuen, die er in verschiedenen Sammlungen in Berlin und Königsberg besichtigt hatte. Die Gestalt stellte eine liebreizende Frau dar, die spärlich in wallende Tücher gewandet war und einen Stab in der rechten Hand hielt. Doch sie stützte sich nicht auf ihn, wie der Alte, der sie nun im Lichte des aufziehenden Mondes betrachtete. Vielmehr führte sie mit dem Stab die von ihrem irdenen Dasein befreiten Seelen in ein himmlisches Elysium an. Der Engel frohlockte mit majestätisch ernstem Gesicht und doch hatte Eichendorff in ihm stets noch eine andere Botschaft gelesen, und die nicht nur aus jugendlichem Heißsporn. Die himmlische Frau war ihm nie die Jungfrau Maria, sondern stets mehr die wehrhafte Athene gewesen, vielleicht auch eine Aphrodite, die einen Teil der irdischen Freuden mit sich in das Paradies entführte und so dem Sterbenden erleichternd versicherte, dass das hier auf Erden Liebgewonnene nicht vollkommen zurückgelassen sei.

Eichendorff maß die Statue mit ehrfurchtsvollem Blick. In ihrem Schatten hatte er die ersten Gedichte verfasst, die seinen Ruhm begründet hatten. Alles Vorangegangene war nichts dagegen gewesen, nur Schmierereien ohne Hand und Fuß! Doch diesem Ort, diesem Engel verdankte er so viel! Es war, als sei genau hier, an dieser Stelle, der unerfahrene, unbeholfene Jüngling sanft von der Muse geküsst worden und seitdem empfänglich für die Freuden der Kunst gewesen.

Nun musste Eichendorff doch ein wenig über seine eigene Rührseligkeit schmunzeln. Als verträumter Student war er erstmals auf dem Stadtgottesacker gewesen, als nicht minder romantischer Greis war er ein halbes Jahrhundert später zurückgekehrt. Tränen der Ergriffenheit stiegen ihm in die Augen. Wo waren all die Jahre hin? Vergangen wie im Fluge, verlebt, verliebt und so sehr verleidet. Eichendorff zog ein Tuch aus seinem Wams und schnäuzte sich kräftig. Abrupt wandte er sich von der Statue ab und setzte sich etwas abseits auf eine der alten, bemoosten Holzbänke.

Von hier aus betrachtete er den Friedhof genauer, soweit es das wenige Licht zuließ. An diesem Ort wurden sie also beigesetzt, die Hallenser. Nicht alle, selbstverständlich, denn dafür war der Friedhof zu klein. Und auch nicht alle auf dieselbe Weise. Auf dem geweihten Boden lagen die Bürger der Umgebung, nur der gemeinsame Wohnort hatte sie hier zusammengeführt. Weiter hinten deuteten näher stehende Kreuze die Kindergräber an, in denen die Totgeburten, die Pockentoten und all die anderen beerdigt lagen, die von Krankheiten in jungen Jahren dahingerafft worden waren. Und in noch eine dritte Gruppe unterteilten sich die hier Beigesetzten. In das Mauerwerk waren Nischen eingelassen worden, es mochten wohl an die hundert Gruftbögen sein, wo steinerne und kupferne Gedenkplatten an die dort zur Ruhe gelegten Familien erinnerten und ihren Nachkommen sowie jedermann auf die ruhmvollen Taten der Toten hinwiesen, lange Zeit nachdem diese verstorben waren.

Nichts als Anmaßung, dachte Eichendorff bei sich. Wem nützten diese selbstgefälligen Denkmäler? Sie waren doch nur Ausdruck einer Sucht nach Anerkennung und Bewahrung, einer schwachen Vorstellung, der Rang eines Bürgermeisters, Richters oder Stadtrates stünde dem Menschen besser zu Gesicht als Demut und Bescheidenheit.

Da spürte er, wie ihm die Nässe des alten Mauerwerks, an das gelehnt er saß, durch seinen Mantel gedrungen war und ihn frösteln machte. Jäh erwachte Eichendorff aus seinen Gedanken – oder waren es gar Träumereien gewesen, war er für einen Moment eingenickt? Ihm schien die Nacht nun klarer, der Mond heller zu sein. Vielleicht aber trogen ihn auch seine alten Augen und es war nur ein Wimpernschlag wie jeder andere vergangen, nur dass seine übermüdeten Augen nun ihr Recht forderten.

Auch seine übrigen Sinne schienen ihm in dieser fortgeschrittenen Stunde kleine Streiche zu spielen. Vernahm er da nicht ein leises Rauschen des Blattwerks, dort am Rande des Friedhofs, zwischen den Nischen? Er musste sich irren, dessen war er sich gewiss. Eichendorff spähte in die Richtung, aus der das vermeintliche Geräusch herzurühren schien, doch er konnte nichts entdecken. Was hatte er auch erwartet? Einen anderen einsamen Wanderer inmitten dieser Nacht? Das schien ihm doch ein wenig abwegig.

Langsam erhob er sich und spürte mit einem Mal die Schwere seines Körpers, der schmerzend auf die Gelenke drückte. Wo war sein Gehstock geblieben? Eichendorff musste sich auf die Holzbank stützen, um den Stock aufzuheben, den er wohl neben sich gelehnt hatte und der irgendwann in das Gras hinabgesunken war. Mit zittrigen Händen tastete er den dunklen Boden ab. Die Anfälle häuften sich, sowie er geschwächt war, Eichendorff wusste das. Erst war es dieses lästige Zittern, gefolgt von Gliederschmerzen und einem allgemeinen Gefühl der Erschöpfung, das seinen ganzen Kreislauf zu lähmen schien. Er konnte schlagartig in einer schmerzenden Müdigkeit versinken, die er zu vermeiden suchte, wann immer es möglich war. Dann aber ertappte ihn Louise doch wieder spätabends am Schreibtisch, wenn sie schon für mehrere Stunden geschlafen hatte und er immer noch über den Versepen gebeugt saß und schrieb. Dann hatte ihn das Zittern überrascht und mit heftigen Stichen zur Unterbrechung gezwungen.

Auch jetzt wies ihn sein Körper überdeutlich auf seine Bedürfnisse hin. Eichendorff entschied sich, den Heimweg anzutreten, hob den Gehstock vom Boden und stellte sich mühselig wieder auf. Ächzend reckte er seinen verspannten Rücken, den er nicht ausreichend in Bewegung gehalten hatte in all den langen Jahren seiner Beamtenlaufbahn. Nein, er hatte sich tatsächlich geirrt: Hier auf dem Friedhof herrschte im wahrsten Sinne des Wortes reine Grabesruhe. Eichendorff war völlig allein.

In ruhigem Schritt verließ der Alte, nun ernstlich auf seinen Stock gestützt, den Stadtgottesacker und unterbrach seinen gemächlichen, doch steten Gang lediglich an dem eisernen Tor, das er säuberlich hinter sich ins Schloss fallen ließ. Wieder spürte er einen kühlen Wind die Alte Promenade herabwehen, der Eichendorff jedoch zu dieser Uhrzeit nicht mehr milde kühlend umspielte, sondern ihm eiskalt ins Gesicht blies. Über ihm rauschten die Zweige der schweren Trauerweide vor der Friedhofsanlage und Eichendorff war es beim Anblick des müde treibenden Geästes, als schwebten Hunderte Tote unter einem schwarzen Galgen, deren letzte Regungen noch in der Luft lagen. Ein Schuss löste sich, um einen der Hängenden von seinem Leiden zu erlösen, doch noch immer pendelten die übrigen dürren Leiber im Baum …

Doch halt! Ein Schuss? Eichendorff blieb verschreckt stehen und horchte auf. Hatte sich wirklich in seiner Nähe ein Schuss gelöst oder bildete er sich dieses Geräusch nur ein? Mit einem müden Lächeln versuchte sich Eichendorff die Zweifel auszutreiben, doch gerade als er seinen Weg fortsetzen wollte, vernahm er diesmal ganz klar den hellen Ton eines Perkussionsschlosses, das angespannt wurde.

Eichendorff kannte dieses Geräusch sehr gut, immerhin hatte er von Jugend an den verschiedensten Jagdpartien beigewohnt, hatte den Wechsel vom Steinschloss zum neuartigen Perkussionsschlosses mit seinen Zündhütchen mitverfolgt und selbst die aktuellen Hinterlader, die noch nicht einmal in die preußische Armee eingeführt worden waren, wohl aber von vielen vermögenderen Privatleuten verwendet wurden, waren Eichendorff durchaus bekannt.

Es stand außer Frage: Ein Schuss war abgefeuert worden, ein zweiter schien bereits vorbereitet zu sein. Aber wer sollte ... Eichendorff erschrak bis ins Mark. Kein Jäger, kein Nachtwächter! Der Schuss hatte ihm gegolten. Suchend sah sich Eichendorff um, doch wieder konnte sein Blick nicht die nächtlichen Schatten durchdringen. Nun hieß es Ruhe bewahren, dachte Eichendorff fiebrig. Er setzte seinen Gang über die gewundene Friedhofsgasse fort, um möglichst zügig die hellere Promenade zu erreichen und dort vielleicht, mit viel Glück, einen patrouillierenden Gendarm zum Begleiter zu gewinnen. Doch zunächst galt es, möglichst wenig Aufsehen zu erregen. Er hätte sich nicht umsehen sollen, das musste dem gedungenen Mörderknecht gedeutet haben, dass Eichendorff Bescheid wusste. Aber eine Flucht war aussichtslos, seine Beine würden kaum mit denen eines Jüngeren mithalten können.

Eichendorff versuchte eilig voranzukommen, ohne auf den verdeckten Beobachter gehetzt zu wirken. Da schritt er schon den Martinsberg hinab, da lag, am anderen Ende der Straße und in das Dunkel der Nacht gehüllt, der Gasthof *Zur Stadt Hamburg*, dort würde er in Sicherheit sein. Aber es würde ihn noch mehr als eine Viertelstunde kosten, um bis dorthin zu gelangen. Und weit und breit war keine Menschenseele zu sehen. Aber vielleicht irrte er sich auch – was, wenn ihn doch nur die Sinne trogen? Eichendorff hätte gern all seine Hoffnung an diese glimpfliche Erklärung geklammert, doch in dem Augenblick, als er seinen Schritt schon verlangsamen wollte, war da dieser Klang von massigem Schuhwerk, das hastig über knirschenden Kies getragen wurde. Jemand kam ihm nach!

Nun war es gewiss! Eichendorff überquerte eilig die Promenade, um im Schatten der Häuserzeile für seinen Verfolger weniger leicht aufspürbar zu sein. Nur mühsam konnte er das Zittern seiner Hand unterdrücken. Ihm schien es trotzdem, als verriete der Gehstock jedes Mal mit seinem klappernden Aufschlag die Schwäche seines Benutzers. Eichendorff fühlte sich in der Tat elend. Sein Herz raste in der Brust, zugleich stand ihm kalter Schweiß auf der Haut, sein Atem ging schwerfällig rasselnd und gepresst. Wie lange würde es dauern, schoss es ihm durch den Kopf, bis dieser Wahnsinnige zuschlagen würde, bis es ihm genug war, sein Opfer zu quälen, bis Eichendorff selbst nicht mehr konnte und zusammenbrach?

Doch er kam voran! Schritt für Schritt gelang es ihm, an Feld zu gewinnen. Schon hatte er die nächste Gasse passiert, schon konnte er das Gasthaus deutlicher ausmachen. Dort, unter der Lampe, die einen dämmrigen Schein auf die Straße warf, musste sich der Lieferanteneingang des Hauses befinden. Wenn er diesen erreichen könnte, wäre er gerettet!

Mit einem Mal stob eine Katze vor dem Alten aus einer Nische hervor und erschreckte ihn beinahe zu Tode, fauchte kurz auf und verschwand wieder in der Dunkelheit der Nacht, aus der sie gekommen war. Eichendorff aber war durch diesen neuen Schreck völlig an das Ende seiner Kräfte angelangt. Er fühlte den Boden unter den Füßen nicht mehr, die Beine drohten, ihren Dienst zu versagen, und mit einem tonlosen Ächzen ließ er sich in die Arme desjenigen fallen, der ihm im selben Moment entgegentrat.

»Wer …?«, brachte Eichendorff mühselig hervor, doch die Stimme versagte ihm sogleich vor Aufregung. Der andere erschien ihm kräftig, sein Handgriff stark und zweifelsohne dominierend, sodass dem Alten der jugendliche Tonfall, den er zu vernehmen glaubte, nicht recht zu der Person passen wollte, die ihn festhielt.

»Hoppla, haben wir uns etwa ein wenig übernommen auf unsere alten Tage?«, fragte der Fremde spöttisch. »Na, dann kommen Sie einmal mit. Das Bett wird Sie wieder nüchtern machen!«

Eichendorff wollte sich über diesen flapsigen Ton entrüsten, doch fehlte ihm dafür schlichtweg die Kraft. Auch wusste er nicht, was er von dem Unbekannten halten sollte, der an ihm herumzureißen und ihn umständlich mit sich zu ziehen begann, dem Hotel entgegen und schließlich durch den Eingang der Lieferanten auf den gespenstisch beleuchteten Hinterhof. Während des kurzen Stück Wegs schienen die Arme, die ihn hielten, schwächer zu werden und dünner. Zuletzt glaubte Eichendorff, gar von einem halbwüchsigen Burschen gestützt zu werden. Vielleicht aber kam er nur wieder zu Sinnen und nahm sein Gegenüber besser wahr als noch vor wenigen Minuten.

Tatsächlich war Eichendorff in die Hände eines Laufjungens gefallen, wie ihm im Foyer des Hotels bewusst wurde. Dieser hatte den spät heimkehrenden Gast für einen Betrunkenen gehalten, unwissentlich, dass er ihm, wie Eichendorff vermutete, das Leben gerettet hatte. Denn hier, im Gasthaus, war er doch sicher, oder? Eichendorff sah sich suchend um. Nichts hatte sich in dem Vestibül getan, aber was hätte schon geschehen sollen? Er bemerkte, dass ihn der Junge fragend ansah, und auch der Mann hinter der Rezeption, der wohl der von Herrn Mehl angekündigte Rosenkranz sein musste, beäugte den Alten mit zunehmendem Interesse.

Eichendorff räusperte sich verlegen. Er musste ja auch wahrlich einen merkwürdigen Eindruck auf das Hotelpersonal machen! Welch ein Auftritt! Und doch saß ihm der Schrecken noch in allen Gliedern, war er doch verfolgt und ernstlich bedroht worden! Sollte er die Gendarmerie verständigen lassen, damit dem Unhold … Aber nein! Es war des Aufsehens bereits genug entstanden, Eichendorff musste sich beruhigen und jegliche Auffälligkeit unterbinden. Er versuchte sich an einem Lächeln. Herr Rosenkranz erwiderte es, wenn auch nicht überzeugend. Noch wusste er nicht, woran er mit diesem seltsamen Gast war. Eichendorff bemerkte den fragenden Gesichtsausdruck, den der Portier nicht unterbinden konnte. Doch Rosenkranz bemühte sich, in diesem für alle Beteiligten peinlichen Schweigen eine möglichst vorteilhafte Figur zu machen. Er strich sich über den üppigen, doch gepflegten Backenbart und schlug das Gästebuch auf, um sogleich mit einer galanten, wenn auch einstudiert klingenden Nachfrage Eichendorffs Ankunft zu vermerken.

»Wen darf ich registrieren?«, wollte Rosenkranz wissen, ohne von seinen Unterlagen aufzusehen.

Eichendorff trat an den Empfangstisch und meldete sich unter seinem Decknamen an. »Ich nehme an, dass Sie einen Zimmerjungen benötigen?«, fragte der Portier, diesmal mit einem milden Blick auf den Mann, der sich ihm soeben als Johann Christoph Flechtmann vorgestellt hatte.

Eichendorff nickte zustimmend. »Ich sehe mich völlig außerstande, heute noch irgendeinen klaren Gedanken zu fassen«, meinte er erschöpft. »Es war ein zu langer Tag und wohl auch ein zu anstrengender Spaziergang. Aber was soll ich denn schon tun? Das Alter überrascht mich immer wieder. Es holt mich schleichend ein.«

Rosenkranz nickte mitleidig, dann winkte er nach dem Burschen, der noch immer im Hintergrund des Raumes stand, und raunte ihm eine Nummer zu. Anschließend verabschiedete sich der Portier von Eichendorff mit einer förmlichen Verbeugung und entließ den Alten.

Der Weg zu seinem Zimmer führte Eichendorff in die erste Etage des Gebäudes. Unter seinen schwerfälligen Schritten knarrte die ausgetretene Holztreppe, während der Bursche ihm leichtfüßig halb voranschritt und führte, halb neben ihm ging, darauf achtend, dass der Alte nicht wanken oder gar stürzen würde. Eichendorff war diese Aufmerksamkeit trotz aller freundlichen Absichten lästig, er wollte nicht für schwächlich oder invalid gehalten werden. So versuchte er, seine körperlichen Gebrechen durch geistige Größe wettzumachen und den Kerl in ein kleines, dafür geistreiches Gespräch zu verwickeln, doch der Bursche besaß offenbar überhaupt kein Interesse daran und die zögerlichen Versuche Eichendorffs wurden von den lakonischen Antworten des Jüngeren unterbunden.

Endlich hatten sie das Zimmer erreicht. Der Bursche schloss es Eichendorff auf, überreichte ihm den Schlüssel und erwartete sicherlich keine weitere Zuwendung, doch Eichendorff fühlte sich tief in seiner Schuld, auch wenn der Bursche davon nichts ahnen mochte. So reichte er ihm ein unangebracht hohes Trinkgeld, worüber sich der Beschenkte wohl wunderte, es dennoch ohne zu zögern und flüchtig dankend einsteckte und den Korridor mit schnellen Schritten verließ.

Das Zimmer war derart komfortabel ausgestattet, dass es wohl die Ansprüche aller Gäste befriedigen konnte, doch Eichendorff nahm den dargebotenen Luxus kaum zur Kenntnis. Eilig durchquerte er den Raum, wobei er den Gehstock von sich schleuderte, als sei er seiner leid, knöpfte sich noch in der Bewegung die Brust auf und trat zielstrebig vor die Anrichte, griff nach der bereitstehenden Karaffe und goss sich das Wasser über den Kopf, dass es nur so spritzte. Das kühle Nass rann ihm durch das Haar, über das Gesicht und auf dem Hals entlang bis zum Bauch. Ein Schauder durchfuhr seinen Körper, Eichendorff unterdrückte einen Aufschrei, doch kippte er immer wieder neues Wasser über seinen Oberkörper, bis er die Karaffe vollständig geleert hatte. Erst dann straffte er seinen Rücken, nahm etwas Abstand zu der Anrichte ein und beobachtete sich im Spiegel. Wie ein begossener Pudel sah er darin aus. Das Haar wirr und grau, die Wangen eingefallen unter müden, doch gehetzt wirkenden Augen – es war ein Anblick zum Grausen. Kein Wunder, dass der Portier ihn so neugierig beäugt hatte und der Bursche zu spöttelnden Witzen aufgelegt gewesen war.

Eine leichte Gänsehaut trat auf Eichendorffs Haut. Langsam beruhigte sich sein Puls wieder. Er war verfolgt worden, schoss es ihm durch den Kopf. Aber von wem? Da war sie, die alte Angst, getrieben zu werden. Gedankenverloren rieb sich Eichendorff die Unterarme. Ihm wurde langsam kühl, doch noch immer griff er nicht nach dem bereitliegenden Tuch. Stattdessen setzte er sich auf das Bett und zog umständlich seine Stiefel aus.

Wer hatte ihm aufgelauert? Ein gemeiner Wegelagerer, wie es so viele gab? Aber das wollte ihm nicht ganz geheuer sein. Nein, das Attentat auf ihn konnte kein Zufall gewesen sein, das war ausgeschlossen! Aber wer? Doktor Lutze vielleicht? Eichendorff wiegte den Kopf. Das konnte nicht sein, schließlich war der Mediziner am Vormittag verhaftet worden und sicherlich noch längst nicht auf freiem Fuße. Und selbst wenn: Warum sollte er etwas Böses gegen Eichendorff im Schilde führen? Und Andreas Klein, der Student? Eichendorff war sich sicher, dass ihm der Kerl irgendetwas verheimlicht hatte. Noch waren diesbezüglich nicht alle Karten auf dem Tisch, so viel stand fest. Doch Klein hatte sich unter der Beobachtung Ottos befunden und musste sich, wenn alles wie verabredet verlaufen war, inzwischen längst in den Händen der Landjäger befinden. Unmöglich, dass er auf dem Stadtgottesacker sein Unwesen getrieben haben könnte. Auch fehlte es ihm an einem Motiv, immerhin hatte ihm Eichendorff versichert, das Beste für ihn zu wagen.

Wie es Eichendorff auch drehte und wendete, ihm wollte sich die Lösung des Hergangs nicht offenbaren. Lutze und Klein befanden sich in polizeilichem Gewahrsam, gegen beide wurde wegen Mordes ermittelt und in beiden Fällen hegte Eichendorff Zweifel, auch wenn er sie nicht vollends begründen konnte. Doch das Attentat, dem er durch einen glücklichen Zufall entgangen war, hatte ihn in seiner Vermutung bestätigt: Es war noch eine dritte Person mit von der Partie. Wer es war, lag für Eichendorff noch völlig im Dunkeln, doch während er nichts über den großen Unbekannten wusste, hatte dieser offenbar zumindest eine Vermutung, was Eichendorffs Pläne und Absichten betraf. Somit könnte der Täter Eichendorff immerzu auflauern, zu jedem Zeitpunkt ein neues Attentat begehen, bis er endlich sein grausames Ziel erreicht hätte …

Aber nein! Die Fantasie ging wieder einmal mit ihm durch. Der Romantiker in ihm vermutete hinter jeder Häuserwand Gespenster und Meuchelmörder! Das waren die Nerven, beschloss Eichendorff und ließ sich schwerfällig auf das Bett fallen. Er war zu müde, um sich jetzt noch auszuziehen – wozu auch? Nachtkleidung führte er wie alle anderen Reiseutensilien nicht bei sich. Er konnte also genauso gut angekleidet bleiben. So zog er nur die Bettdecke über sich, drehte sich auf die Seite und sah aus dem Fenster hinaus über das Dach des gegenüberliegenden Hauses. Es war eine zu fortgeschrittene Uhrzeit – Eichendorff mochte gar nicht wissen, wie spät es genau war –, um jetzt noch klare Gedanken zu fassen. Der Tag hatte ihn genug beansprucht.

Nur eines stand außer Frage: Auch wenn Eichendorff noch ganz im Dunkeln tappte, so hatte der heutige Anschlag auf sein Leben doch bewiesen, dass er die richtigen Fragen stellte, denn ganz augenscheinlich fühlte sich jemand durch Eichendorffs Nachforschungen zutiefst gestört.

X.

Eichendorff hatte nur wenige Stunden geschlafen, als er am nächsten Morgen von den durch das Fenster einfallenden Sonnenstrahlen geweckt wurde. Seine Träume waren verworren gewesen, hatten ihn in panische Beklemmungen gestürzt, aus denen er sich nicht hatte befreien können, denn sein Schlaf war so tief gewesen, dass es ihm unmöglich gewesen war, sich selbst aus seinen Albträumen zu erlösen.

So fand ihn der Morgen verschlafen, zermürbt und wenig bereit, die warme Bettstatt zu verlassen. Eichendorff spürte seine geschundenen Glieder, zudem glaubte er, sich verkühlt zu haben, denn die Nierengegend schmerzte ihn sehr. Ja, soweit war es mit ihm gekommen. Normalerweise verfügte er noch über eine erstaunliche Kondition für sein Alter, aber die kleinste Unachtsamkeit, die winzigste Überanstrengung warf ihn für Wochen zurück. Das verkraftete sein Körper nicht mehr so leicht, und dazu reichte schon ein zu weit ausgedehnter Spaziergang, ein gehetzter Lauf oder rasende Gedanken.

Noch zögerte er mit dem Aufstehen und gedachte lieber seiner körperlichen Leiden, doch dann regte sich der Tatendrang in ihm, immerhin befand er sich, wenn auch noch ganz ahnungslos, auf der richtigen Spur. Sein Instinkt signalisierte ihm deutlich, dass es möglichst schnell nach Köthen zurückzukehren galt. Immerhin dürfte die Verhaftung des Doktors für einiges an Aufsehen gesorgt haben. Hinzu kam, dass auch die Ermordung der Gräfin den örtlichen Adel, allen voran vielleicht sogar den Herzog persönlich, auf den Plan gerufen haben dürfte. Hier würden wohl einige konservative Vertreter des Hauses Anhalt-Dessau nach einem Exempel verlangen. Der Prozess gegen den Doktor Lutze würde sich unter solchen Vorzeichen bestimmt nicht lange hinausschieben, dies stand für Eichendorff fest.

Also entstieg er dem Bett, wenn auch seufzend. Es musste noch einiges bereinigt werden, bevor das Urteil über Lutze – oder über Klein – gesprochen wurde. Eichendorff reckte sich, hörte seinen Rücken knacken und trat an das Fenster, um etwas frische Morgenluft in das Zimmer zu lassen, auf dass ihm der Schlaf endgültig aus dem Gemüt getrieben werden würde. Da klang der aufgeregte Wirrwarr zweier Frauenstimmen an sein Ohr, woraus er nichts entnehmen konnte, doch als er sich aus dem Fenster lehnte, erblickte er zwei Mägde, eine jung, die andere bereits gealtert, die über den Innenhof des Gasthauses schritten, einander umschlingend und albern lachend. Je näher sie in seine Richtung kamen, umso deutlicher konnte Eichendorff ihre Worte hören, und so wurde er unfreiwillig zum heimlichen Belauscher ihres Gesprächs.

»Ich weiß es genau, es ist dieser Nichtsnutz!«, rief die Ältere gerade leichtfertig aus und klatschte der anderen auf die Hand. Diese tat empört, war aber zu schüchtern, um aufbrausend zu reagieren. »Sag nicht so was«, meinte sie nur in enttäuschtem Ton. »Er gibt sich nur so. In Wahrheit ist er gänzlich bescheiden und …« – »Papperlapapp!«, unterbrach sie die Erste. »Der und bescheiden? Der kann sich nicht mal bei den Weibern bescheiden! Das weiß die halbe Stadt.« Bei diesen Worten blieb die andere traurig stehen. »Nun nimm's dir nicht so zu Herzen«, sagte die Ältere und ihre Stimme klang nun sanft, wenn auch nicht ganz. »Dummerchen!«, neckte sie, doch ohne Erfolg.

Eichendorff lächelte verträumt. Da hatte sich wohl eine Magd in einen Sprössling der Herrschaft vernarrt und war ihm auf den Leim gegangen. Da gab es doch ein paar Verse …

»Es ist eine alte Geschichte,
Doch bleibt sie immer neu;
Und wem sie just passieret,
Dem bricht das Herz entzwei.«

Ja, nur Heine vermochte so zu dichten! Eichendorff war diesem anderen Letzten der Romantiker nie begegnet, denn als der dichtende Jude Berlin besucht hatte – damals noch als Student – hatte sich Eichendorff in den Alpen befunden, später in Preußen. Aber natürlich hatte er von Heine gehört, eine Zeit lang redete doch wahrlich jeder über das Schandmaul Heine, das kein Blatt vor den Mund nahm und sich in Paris mit Ludwig Börne stritt, wer der bedeutendere Querkopf sei. Heute war Heine selbstverständlich längst aus der Mode gekommen und lebte genauso unbeachtet vor sich hin wie Eichendorff, nur dass Heine um die zehn Jahre jünger als er war. Aber so ging es eben in der Welt der Literatur zu: Wer gestern noch gefeiert wurde, der bedeutet heute schon nichts mehr und war morgen gänzlich vergessen. Armer Heine! Eichendorff hatte seine romantischen Gedichte immer geschätzt, es waren neben denen von Brentano und von Arnim die besten der deutschen Sprache. Der Rest von Heines Schaffen war für Eichendorff jugendliche Unart, literarische Aufrührerei, die den Deutschen Bund auf direktem Weg in das unselige Revolutionsjahr von 1848 gestürzt hatte. Laute Polemik, beißender Spott, verrannte Gehirngespinste …

Inzwischen hatte das Gespräch der Frauen an Lautstärke gewonnen, wodurch Eichendorff aus seinen Gedanken gerissen wurde.

»Das hätte nun wirklich nicht sein müssen, dieser Tumult, oder? Da musst du mir doch recht geben!«, forderte die ältere der beiden gerade, als Eichendorff bemerkte, wie sich die andere flüchtig eine

Träne aus den Augen strich. Auch ihrer Freundin blieb dies nicht verborgen und schon witzelte sie darüber. »Nun sei doch nicht so ein Sensibelchen. Wer ist schon Andreas Klein? Ein verzogener Taugenichts!«

Eichendorff traute seinen Ohren nicht! Sprachen diese Frauen tatsächlich von dem Andreas Klein, den auch er kannte? Hatte er einer der beiden den Kopf verdreht? Und was war das für ein Tumult gewesen, den die ältere Frau erwähnt hatte? Sollte dieser Halunke doch …

»Ich weiß ja selbst, dass ich dumm bin«, schluchzte nun die jüngere Frau und pfriemelte an ihrem Schürzensaum herum. »Aber er kann so … anders sein, du glaubst gar nicht, wie.«

»Ich glaube, was ich höre«, sagte die Ältere ungerührt, »und ich habe gehört, dass er dem Gendarmen eins aufs Auge gedonnert hat. Das habe ich gehört.«

»Aber da hast du's doch!«, meinte die andere zögerlich, jetzt mit einem aufbrechenden Lächeln auf den Lippen. »Das ist es doch, was ich meine. Diese Leidenschaft, die er hat.«

»Schwachsinn!«, wurde ihr entgegnet. »Wo ist denn das Leidenschaft? Dein Hengst ist schön blöd, wenn er dem Gendarm, der ihn verhaften will, eins draufgibt. Da gibt es zehn Jahre Kerker darauf, mindestens. Und wenn das mal nicht blöde ist, dann weiß ich auch nicht mehr!«

Eichendorff stöhnte entsetzt auf. Wie konnte Klein nur so – ja, tatsächlich – *blöde* sein! Statt sich geräuschlos abführen zu lassen oder bestenfalls den Landjägern zu stellen, hatte er sich zur Wehr gesetzt. »Unmöglich!«, stieß er fassungslos aus.

Die Mägde hatten Eichendorff wohl gehört, denn plötzlich drehten sie ihre Köpfe nach ihm um, wobei die Ältere die Stirn runzelte, und beide beeilten sich, den Hof zu verlassen und somit aus Eichendorffs Blickfeld zu gelangen.

Diesen scherten die Mägde nicht weiter. Seine Gedanken kreisten um Klein und in ihm begann die Wut zu köcheln. Dieser Rumtreiber hatte anscheinend jeden Anstand verloren und war ausfällig geworden. Hatte weder an seinen Namen noch an den Ruf seiner Familie gedacht! Unbesonnenheit! Heißsporn! Unverstand! Eichendorff wollten die Worte nicht ausgehen für dieses unfassbare Ausmaß an Dummheit. Hatte Klein denn keinen Moment daran gedacht, dass er nicht nur Aufsehen erregen würde, sondern auch jeden Verdacht auf sich ziehen musste, wenn er einen Landjäger anging, der ihn dingfest machen wollte?

Solch ein Schlamassel! Es stand schlimmer um den Studenten als je zuvor, und das, obwohl Eichendorff versucht hatte, bereinigend in die Vorgänge einzugreifen. Klein hatte mit einem Schlag alle seine Bemühungen zunichtegemacht. Wütend knöpfte sich Eichendorff das Hemd zu und versuchte, es glatt zu streichen. Doch es half nichts, es war dem Kleidungsstück anzusehen, dass es die Nacht über getragen worden war. Ungeduldig warf sich Eichendorff seine Weste über, um das unmögliche Aussehen zu verbergen und ging, nachdem er auch Mantel und Schuhwerk angezogen hatte, eilig und mit leicht wehendem Haar aus dem Raum.

Der Portier Angelus Mehl bemerkte den Alten sofort, obwohl das Vestibül ordentlich gefüllt war. Sein Kollege Rosenkranz hatte ihm von dem seltsamen Auftreten des völlig verwirrt wirkenden Händlers Flechtmann berichtet, als Mehl am Morgen seinen Dienst angetreten hatte, doch auch nun legte es dieser Flechtmann scheinbar darauf an, selbstvergessen aufzufallen. Das weiße, beinah schulterlange Haar stand ihm mehr von dem Kopf, als dass es an diesem anlag, die Kleidung trug der Kaufmann zerknittert und verrutscht und zu allem Überfluss bemühte er sich um eine Schrittgeschwindigkeit, der seine Beine kaum nachkommen konnten.

Trotz seines skurrilen Auftretens begrüßte Mehl Eichendorff mit zuvorkommender Höflichkeit. »Ich wünsche, wohl geruht zu haben, und hoffe, Ihnen eine stärkende Mahlzeit in unserem Speisesaal empfehlen zu dürfen«, kam es ihm wie von selbst über die Lippen, doch Eichendorff lehnte ebenso freundlich ab.

»Ich möchte meine Abreise unverzüglich vornehmen«, erklärte er und trat näher an die Rezeption heran.

Herr Mehl wirkte irritiert. »Darf ich wagen zu vermuten, dass Ihr unvermittelter Aufbruch kein Ausdruck einer Unzufriedenheit mit unserem Hause ist?«

Eichendorff lächelte beschwichtigend. »Natürlich. Ich bin mit dem Gasthaus *Zur Stadt Hamburg* vollends zufrieden, dessen können Sie sicher sein.« Ihm fiel erst jetzt ein, dass sein überstürzter Abschied wirklich etwas befremdlich wirken dürfte, und gern hätte er einige Worte, die alles erklären würden, hinzugefügt, doch ihm wollte nichts Passendes einfallen. Um den Portier, der nun das Rechnungsbuch aufschlug und Eichendorff eine Summe nannte, in seiner möglichen Neugier zu beschwichtigen, heuchelte er Interesse an dessen Tätigkeit, indem er meinte: »Es herrscht ja hier bereits ein gewaltiges Treiben. Sie werden bestimmt einen aufwühlenden Arbeitstag vor sich haben.«

Der Portier aber winkte milde lächelnd ab. »Ach, das ist der normale Verkehr, wissen Sie. Unsere Küche wird auch von Gästen geschätzt, die nicht in unserem Haus übernachten. Es hat alles seinen gewöhnlichen Umfang, einmal abgesehen von den Handwerkern.«

Mehl blickte dem Tischlergesellen hinterher, der versuchte, sich möglichst unauffällig durch das Vestibül zu bewegen und dabei die Mütze vor jedem Gast zog, der ihm entgegenkam. »Meister Taurat schickt uns immer seine besten Männer«, versicherte Mehl Eichendorff. »Wir arbeiten schon in der zweiten Generation mit seiner Familie zusammen und nie gab es irgendeinen Anlass zur Klage, ganz im Gegenteil. Wir waren immer mit seinen Arbeiten zufrieden. Aber ich will Sie nicht länger aufhalten«, erklärte der Portier, klappte, nachdem Eichendorff seine Rechnung beglichen hatte, das Kassenbuch zu, trat hinter der Rezeption hervor und reichte Eichendorff zum Abschied die Hand. »Es hat mich gefreut, mein sehr verehrter Herr Flechtmann, Sie in unserem Haus zu Gast zu haben. Beehren Sie uns möglichst bald wieder mit Ihrer Anwesenheit.« Erneut verneigte sich Mehl leicht und Eichendorff nahm den Gruß dankend entgegen. »Bitte lassen Sie sich von der kleinen Baumaßnahme an der Eingangstür nicht allzu sehr irritieren«, fügte Mehl in einem entschuldigenden Ton hinzu, der beinah an Verlegenheit grenzte. »Es handelt sich lediglich um einen Lausbubenstreich, der eine unbedeutende Reparatur erfordert.«

Eichendorff horchte auf. »Ein Lausbubenstreich an der Türe?«, hakte er nach.

Mehl stimmte ihm zu. »In der Tat. Offenbar hatte einige Jungen das Interesse, Vandalismus zu betreiben. Aber seien Sie beruhigt. Ich bezweifle, dass sie tatsächlich in das Gasthaus eindringen wollten. Vielmehr schien sie die bloße Zerstörungsfreude anzutreiben. Herr Rosenkranz vernahm in der Nacht diese schabenden Geräusche, wie er es nannte, und sah gemeinsam mit dem Hotelwächter nach dem Rechten, doch da waren die kleinen Racker schon in Nacht und Nebel verschwunden. Wie dem auch sei«, fügte Mehl hinzu, »nun müssen wir eine kleine Schönheitsreparatur am Holz und, wie mir der Tischler bereits mitteilte, wohl auch am Schloss selbst vornehmen lassen. Doch genug davon. Ich wünsche Ihnen eine angenehme Reise!« Damit verabschiedete sich Mehl endgültig von Eichendorff, der nachdenklich durch das Vestibül ging und in dem Türrahmen um ein Haar mit dem Tischlergesellen zusammengestoßen wäre, der sich umständlich für seine Unachtsamkeit zu entschuldigen versuchte, was Eichendorff nur halb wahrnahm, so sehr hing er seiner neusten Erkenntnis nach.

Also war es wirklich so gewesen! Noch vor wenigen Minuten, kurz nach dem Aufstehen, waren ihm erste Zweifel an den Vorkommnissen der letzten Nacht gekommen. Er war sich nicht mehr sicher gewesen, ob er nicht doch eher ein Opfer seiner trügerischen, ja altersschwachen und überlasteten Sinne geworden war. Ein Schuss? Ein Schuss mitten in der Stadt, dazu auf einen wehrlosen, alten Spaziergänger? Aber ja! Nun stand es fest. Die bittere Wahrheit der nächtlichen Ereignisse holte ihn an diesem Morgen wieder ein, sie ließen sich nicht durch ein paar schlecht verbrachte Stunden des Schlafes beschönigen oder gar wegwischen. Nein, auf ihn war ein Anschlag verübt worden und was Mehl für einen harmlosen Streich hielt, war ein dilettantischer Versuch gewesen, Eichendorff selbst im Gasthaus zu Leibe zu rücken. In der letzten Nacht hatte er sich also wahrhaftig in Lebensgefahr befunden. Was er jedoch nicht wusste, war, ob er sich nun immer noch bedroht fühlen musste.

Eichendorff schlug den Weg entlang der Alten Promenade ein, denselben wie am Abend zuvor, und das nicht etwa, um erneut den Stadtgottesacker aufzusuchen – welchen Sinn hätte diese Unternehmung jetzt noch gehabt? –, sondern weil er schnellstens den Bahnhof aufsuchen musste, wollte er wirklich noch den Sieben-Uhr-Zug nach Köthen erreichen.

Trotz der Eile, die geboten war, kam Eichendorff nicht umhin, kritische Blicke auf seine Mitmenschen zu werfen, als könnte er unter ihnen einen Meuchelmörder ausfindig machen. Aber umsonst. Was bildete er sich auch ein? Er war ein Fantast! Auf offener Straße würde er wohl kaum niedergestreckt werden und außerdem hatte Eichendorff überhaupt keine Ahnung, wen er verdächtigen könnte.

Als er endlich den Bahnhof am Leipziger Platz erreicht hatte, war Eichendorff erhitzt von dem eiligen Lauf. Das Hemd klebte ihm auf der Haut und überhaupt machte er einen solch zerschlagenen Eindruck, dass ihn der Kassierer äußerst prüfend ansah. Doch Eichendorff rückte seine Kleidung zurecht, setzte eine würdevolle Miene auf und forderte ein Billet für die nächste Eisenbahn.

»Erster oder zweiter Klasse?«, fragte der Mann am Schalter und Eichendorff überlegte kurz. Doch nun gab es für ihn keinerlei Gründe mehr, mit seinem Geld übermäßig leichtsinnig umzugehen, denn er spielte ja nicht länger den erfolgsverwöhnten Kaufmann Johann Christoph Flechtmann, und so antwortete er freudig: »Dritter Klasse, bitteschön!« und legte die verlangten elf Silbergroschen auf den Tresen. Wenigstens dieser Spuk hatte ein Ende!

XI.

Das Haus mit der Nummer 587a lag noch recht verschlafen da, als Eichendorff die Magdeburger Vorstadt erreichte und sich durch den Vorgarten der kleinen Treppe zwischen den rosenumrankten Säulen näherte. Nichts deutete darauf hin, dass die Bewohner dieses beschaulichen Bürgerhauses bereits auf den Beinen waren. Auch die Vorhalle fand Eichendorff still und verlassen. Dies kam ihm ganz gelegen, denn nach dem abrupten Aufbruch in Halle und der eintönigen Zugfahrt nach Köthen war er äußerst derangiert und wollte sich zuerst einmal säubern, um wieder einigermaßen menschlich auszusehen. Auch würde ihm eine kleine Mahlzeit sicher helfen, wieder zu Kräften zu kommen.

In seinem derzeitigen Aufzug, eingedenk des Umstandes, dass er seit zwei Tagen dieselbe Kleidung trug, fühlte er sich alles andere als behaglich und glaubte, diesen Eindruck auch nach außen hin zu vermitteln. Zudem knurrte ihm der Magen.

Langsam legte er seine Oberkleidung ab und versuchte, sich nach seinen Schuhen zu bücken, kam dabei jedoch ins Wanken und hopste auf einem Bein etwas unschicklich herum, wobei er einige Geräusche verursachte, die Maly in der Küche hellhörig werden ließen. Schon eilte sie in den Vorraum und schwang, als sie ihren Herrn erblickte, mahnend den Kochlöffel, den sie in der Hand hielt. »Wo haben Sie nur gesteckt?«, entfuhr es ihr. »Wie können Sie uns nur so etwas antun?«

Eichendorff sah sie fragend an. »Sie meinen meine unerwartet längere Abwesenheit?«

Doch eine Antwort bekam er gar nicht erst. »Und wie Sie aussehen! Als hätten Sie sich mit Zigeunern rumgetrieben oder Bekanntschaft mit dem Teufel Alkohol gemacht. Und das auf meinem Fußboden!«

Der Alte sah sich irritiert um. Tatsächlich hatte er einiges an Staub von der Landstraße mit sich gebracht, doch Maly übertrieb wieder einmal schamlos.

»Wie können Sie *mir* so etwas antun?«, fragte sie erneut. »Gerade mir!«, betonte sie und kniete sich vor Eichendorff nieder, um ihm aus den Stiefeln zu helfen. Dieser wollte ihr etwas entgegnen und war auch durchaus bereit, ein paar entschuldigende Sätze an seine Haushälterin zu richten, doch Maly ließ ihn wie immer nicht zu Wort kommen. »Wissen Sie eigentlich, was Sie mir angetan haben?«, fragte sie schließlich ehrlich entrüstet und stemmte beide Fäuste in ihre breite Hüfte. »Natürlich wissen Sie es nicht!«

Eichendorff, den die robuste Frau in jenen Momenten verlegen machte, wenn er sie nicht narren konnte, fuhr sich nervös durch das Haar. »Nun machen Sie doch nicht so einen Wirbel wegen des bisschen Staubs«, versuchte er zu scherzen, doch Maly ging nicht darauf ein.

»Staub, Staub? Sie und Ihr Staub! Nein«, schnaufte sie schwerfällig. »Da gehen Sie einfach ohne jedes weitere Wort der Erklärung aus dem Haus, nehmen den Otto mit sich und lassen mich mit den Kindern einfach so allein. Und abends kommt Ihre Frau Tochter mit dem Sechs-Uhr-Zug aus Berlin und ich stehe wie angeschmiert da und weiß von gar nichts. Da muss mich ja Frau von Besserer-Dahlfingen ganz automatisch für komplett unfähig halten. Schöne Haushälterin! Und das ist allein Ihre Schuld!«

Eichendorff hob die Augenbrauen. »Therese ist hier?«, fragte er überrascht.

»Das sage ich doch die ganze Zeit über. Sie kam gestern mit dem Herrn von Besserer-Dahlfingen«, gab Maly maulend zur Antwort. »Sie ist draußen auf der Terrasse, mit Anna. Die kleine Helena und Max sind mit ihrem Vater zur Messe gegangen, zur protestantischen. Sie wissen ja, wie der Herr von Dahlfingen tickt.«

Eichendorff, der den Zorn seiner Haushälterin bislang erduldet hatte, fasste Maly nun mit ernstem Blick ins Auge. »Na, na! Keine Spitzen!«, mahnte er. »Sie wissen, dass wir in diesem Haus nicht über religiöse Ansichten streiten. Mein Schwiegersohn mag nach seiner Fasson selig werden und den Kindern steht es frei, zu wählen.«

»Aber sie sind allesamt evangelisch getauft«, erinnerte Maly Eichendorff schalkhaft, doch der Alte verstand in dieser Hinsicht keinen Spaß. Natürlich war ihm der Glauben Ludwig von Besserer-Dahlfingens ein Dorn im Auge und auch, dass seine Enkel nach der Lehre Luthers erzogen wurden, doch war Eichendorff zu sehr um den häuslichen Frieden bemüht, um katholische Missionsarbeit in seiner Familie durchzuführen.

»Man hat immer eine Wahl«, murmelte er mehr für sich und scheuchte Maly mit einigen hurtigen Handbewegungen in die Küche zurück.

Nachdenklich rieb sich Eichendorff das Kinn, auf dem kurze Stoppeln standen und somit seine nachlässige Morgentoilette verrieten. Er würde zuerst Therese begrüßen müssen, bevor er sich wiederherstellen könnte. Seine Tochter dürfte verschnupft genug sein über seine unangemeldete Abwesenheit, sodass er sie nicht weiter reizen wollte, indem er sich mit der Begrüßung Zeit ließ.

Therese sprang sofort auf, als sie ihren Vater erblickte. »Mein Gott!«, rief sie aus, wobei ihr die Häkelsachen aus der Hand glitten und zu Boden fielen. »Ich habe mir solche Sorgen um dich gemacht.« Ohne ihm weitere Vorwürfe zu machen, flog sie Eichendorff ungestüm um den Hals, dass dieser für einen Moment den Halt zu verlieren drohte, sogleich jedoch die Balance wiedererlangte und seine Tochter herzlich umarmte. »Was sind denn das für Geschichten!«, rief Therese in gespielt ernstem Ton und küsste ihren Vater auf die Wange. »Und wie du aussiehst! Geradezu zum Fürchten!«, neckte sie den Alten sanft, wobei sie leichtfertig an seinem Hemd zupfte, das unmöglich unter der Weste hervorragte. »Aber komm doch erst einmal her und setz dich zu uns. Du musst ja ganz erschöpft sein«, meinte Therese und führte Eichendorff an der Hand zu der kleinen Sitzgruppe.

Hier begrüßte nun auch Anna ihren Großvater, doch hielt sie sich trotz aller Zuneigung zurück und kämpfte mit sich, ihn zu umarmen, wie es ihre Mutter getan hatte. Allein der Anstand und die Schüchternheit hemmten sie und so reichte sie dem Alten die Hand zum Gruß und lächelte verlegen, ohne ihm in die Augen zu sehen.

Eichendorff setzte sich langsam zwischen die beiden Frauen, und Therese, indem sie die Nadeln und Fäden, die ihr entglitten waren, aufhob und beiseite legte, fragte sogleich: »Wo hast du dich denn nur herumgetrieben, sag!« Auch Anna blickte ihren Großvater nun lauernd von der Seite her an. Dieser überlegte kurz, was er wohl sagen könnte, um ihre Neugier zu befriedigen und zugleich ohne den Frauen einen gehörigen Schrecken einzujagen, denn von dem Mord an der Gräfin wussten sie womöglich bereits – von den Nachforschungen Eichendorffs aber und dem Anschlag auf ihn müssten sie nichts erfahren, wenn es sich vermeiden ließe. Vor allem aber wollte Eichendorff nicht riskieren, dass Therese von Ottos heimlicher Mission erfuhr, denn sie würde Eichendorff sicherlich schwere Vorwürfe machen und ihm immer wieder vorhalten, wie jung sein Enkel noch sei und wie verantwortungslos und geradezu leichtsinnig es wäre, ihn allein zu lassen, noch dazu in völlig unbekannten Verhältnissen.

»Otto und ich machten einen kleinen Ausritt am Nachmittag«, begann Eichendorff zögerlich, doch Therese unterbrach ihn lachend.

»Ja, davon habe ich schon gehört. Es scheint mir eher eine wilde Flucht gewesen zu sein, nach dem, was mir Maly geschildert hat.«

Für einen kurzen Augenblick war Eichendorff irritiert, dann aber legte er ein verschmitztes Lächeln auf und meinte beschwichtigend: »Wir kennen doch unsere Maly. Es war ein gewöhnlicher Ausritt in die Stadt. Ich plante mit Otto einen gemeinsamen Ausflug nach Halle …« Eichendorff sah Thereses Miene an, dass sie ihm keinen Glauben schenkte. »… um ihm die Universität zu zeigen. Du weißt ja, dass ich sie besucht habe mit deinem Onkel Wilhelm«, fuhr Eichendorff langsam fort, doch Therese rümpfte die Nase.

»Was erzählst du mir denn da? Otto wird nicht in Halle studieren, das weißt du genau. Wir werden ihn auf die Schlesische Friedrich-Wilhelms-Universität in Breslau schicken, wenn wir erst einmal nach Neiße übergesiedelt sind. Also warum möchtest du ihm solche Flausen in den Kopf setzen mit Halle? Aber wahrscheinlich ist das nur eine Ausflucht«, fügte sie ernst hinzu.

Therese sah ihren Vater forschend an. Sie hatte trotz ihrer beinah vierzig Jahre kaum an Jugend eingebüßt. Ihr blondes Haar fiel ihr nach wie vor gelockt und dicht in den Nacken und umrahmte ein nahezu faltenloses Gesicht, das von neugierigen, großen Kinderaugen dominiert wurde, die zugleich völlig ahnungslos und verschlagen dreinblicken konnten. Thereses Mienenspiel war sehr minimalistisch angelegt, es trug sich eigentlich nur in diesen ausdrucksstarken Augen zu, doch mit ihnen verfügte sie über eine Fülle an Möglichkeiten der Darstellung und bewusst nutzte sie diese herausragende Fähigkeit zur Maskerade.

Wer Therese wirklich war, wusste Eichendorff nicht. Er hatte sich in den ersten Jahren seiner Ehe um die Erziehung der Jungen gekümmert, Therese war im Gegensatz zu Hermann und Rudolf enger mit der Mutter verbunden, auch wenn das Verhältnis zwischen Tochter und Vater nie ganz entfremdet gewesen war. Doch als inzwischen erwachsene Frau hatte Eichendorff Therese erst in jenem Frühling des Jahres 1837 wahrgenommen, als sie ihren unerwarteten Entschluss, Ludwig von Besserer-Dahlfingen zu heiraten, bei ihren überraschten Eltern energisch durchsetzte und in den

Ehestand trat. Seitdem hatte Eichendorff, der plötzlich den Eindruck gewann, die Kindheit seiner Tochter versäumt zu haben, sich intensiver mit Therese auseinandergesetzt, hatte dadurch ihre Zuneigung zu ihm gesteigert und war schließlich mit Louise freudig in den Haushalt der Besserer-Dahlfingens aufgenommen worden. Doch wer Therese wirklich war, blieb ihm bis zum heutigen Tage verborgen ... Da war die fürsorgliche Mutter, die treue Tochter, die demütige Gattin, ja, aber da war auch die etwas nachlässige Hausvorsteherin, das alberne Mädchen, das feuriger als die eigene Tochter sein konnte, und dann wieder die Träumerin, die ihren romantischen Ideen nachsann, während sie eine Handarbeit ausführte. Therese schien Eichendorff von allem etwas und nichts ganz zu sein. Das machte sie passend für jede Gelegenheit, aber auch undurchdringbar.

In diesem Moment wusste Eichendorff genau, dass mit ihr nicht zu scherzen war. Therese hatte ihn durchschaut und es war ihm noch nicht ersichtlich, wie sie auf seine ungeschickte Täuschung reagieren würde.

»Nun, was versuchst du zu verbergen?«, fragte Therese freundlich. »Ich reiste gestern von Berlin an und hörte Maly seltsame Dinge über deine Abreise sagen, dazu ist die ganze Stadt in Aufruhr wegen eines dubiosen Mordes und zu guter Letzt ist mein Otto immer noch nicht hier. Also heraus mit der Sprache!«

Eichendorff griff nach Thereses Hand. Es hatte keinen Zweck, ihr etwas vormachen zu wollen. »Du musst dir keine Sorgen machen, es ist alles in bester Ordnung«, erklärte er nachdrücklich. »Otto ist tatsächlich in Halle, genau wie ich es dir sagte, und wenn alles gut geht, wird er in wenigen Stunden wieder hier sein.«

Therese sah ihn irritiert an. »Was soll das heißen, wenn alles gut geht? Ich verstehe nicht ...«

Eichendorff wollte weiter beschwichtigend auf sie einreden, ohne allzu viel zu offenbaren, als Maly auf der Terrasse erschien und das Gespräch zwischen Vater und Tochter unterbrach. »Ein Herr von Holly-irgendwas lässt sich anmelden. Soll ich ihn hereinlassen?«, fragte sie betont gleichgültig.

Eichendorff blickte seine Haushälterin verdutzt an. »Holly-Ponienczeicz?«, fragte er ungläubig und sank, als Maly ihm dies bestätigte, in sich zusammen. »Auch das noch!«, seufzte er auf.

Eichendorff fühlte einen leichten Schwindel aufkommen, doch Therese zeigte kein Erbarmen mit ihm. Vor Empörung schnellte sie aus ihrem Sessel, während sich Maly gemächlich trollte. »Ich möchte nun endlich wissen, was dieser ganze Tumult zu bedeuten hat, lieber Vater! Nun also auch noch der Onkel Holly«, rief Therese aus. »Du bist mir eine Erklärung schuldig.«

Zu gern hätte er sich ihr verständlich gemacht, doch woher sollte er nur die Zeit nehmen! Nicht einmal frisch gemacht hatte er sich und nun saß er hier fest und dann kam auch noch ... »Mesdames et Monsieur, der Freiherr von Holly-Ponienczeicz«, erklärte Maly, wobei sie den zweiten Namenszusatz halb verschluckte. Hinter ihr erschien ein etwa fünfzigjähriger Mann in der Gartentür, in Uniform und äußerst schneidig frisiert, der sich vor den Damen des Hauses knapp verneigte, um sich unvermittelt an Eichendorff zu wenden.

»Verehrter Vetter«, grüßte von Holly, ohne seine Haltung zu lockern.

Eichendorff stand langsam von seinem Sessel auf und reichte dem Cousin die Hand. »Einen angenehmen Morgen wünsche ich«, meinte der Dichter und bot dem Offizier einen Platz auf der Bank neben Anna an, die nervös zusammenfuhr, als sich der gut gebaute Mann neben sie setzte.

Eichendorff hatte inzwischen genug erlebt, um sich noch großartig zu wundern. Scheinbar fiel an diesem Vormittag alles zusammen. Gelassen ließ er sich wieder in seinen Sessel fallen, trug Maly auf, sie solle etwas zu speisen herrichten, und ignorierte die fragenden Blicke Thereses, deren Laune sich von Minute zu Minute verschlechterte.

Von Holly bemühte sich, Fassung zu wahren, doch kam er nicht umhin, den verwunderlichen Aufzug Eichendorffs zu bemerken. Aber er war bereits zu lange in den Diensten des Herzogs tätig, um sich darüber zu mokieren, und so harrte er schweigend aus, bis Eichendorff das Wort ergreifen würde.

Nicolaus Joseph von Holly-Ponienczíecz hatte als Major unter dem verblichenen Heinrich von Anhalt-Köthen gedient und sich als verständiger Militär über die Landesgrenzen des kleinen Herzogtums hinaus einen Namen gemacht. So war es keine sonderliche Überraschung gewesen, dass er nach dem Zusammenschluss Köthens mit Dessau dorthin abberufen worden war und seither dem Herzog Leopold IV. Friedrich als Leiter des Jägerkorps diente.

Von Holly trat als bescheidener Mann auf, dem sehr an seiner Cousine Louise und deren Gatten gelegen war. Ihnen hatte er das Haus vor dem Magdeburger Tor vermittelt, das er selbst zuvor eine Zeit lang besessen hatte. Obwohl er an möglichst engen Familienbanden interessiert war und sogar für eine Ehe zwischen seiner Tochter Marie und dem etwas älteren Otto von Besserer-Dahlfingen warb, war er kein besonders gern gesehener Gast im Hause Eichendorff, denn wie so viele Offiziere, die mit Leib und Seele Soldat waren, doch nie recht ihre Eignung in einem Krieg unter Beweis stellen konnten, war von Holly übermäßig auf ein militärisch exaktes Auftreten bedacht und auch im privaten Umgang steif und ungelenk. Die Kinder äfften seine ruppigen Gesten nach und die Erwachsenen langweilten seine stillosen Ausführungen über die belanglose Tätigkeit der Landjäger.

Eichendorff betrachtete seinen Cousin stets mit einem Anflug von Mitleid, da dieser nicht wahrzunehmen schien, wie unbeliebt er tatsächlich war. »Was führt dich zu uns, Niki?«, fragte er von Holly, der es in einem Anflug von Schrulligkeit mochte, mit demselben Spitznamen angesprochen zu werden wie der jüngst verstorbene russische Zar.

»Es ist diesmal dienstlich«, betonte von Holly und stützte die Arme umständlich auf seinen breit gespreizten Beinen ab. »Und es eilt.«

»Tut es das nicht immer?«, stöhnte Eichendorff und betrachtete mit Wohlwollen die Speisen, die Maly vor ihm auftafelte. Da wurden auf verschiedenen Tellern Brot und Schmalz, verschiedene Würste und kalte Hühnerschenkel serviert, dazu eingelegte Gurken. »Wir sollten erst einmal etwas zu uns nehmen«, beschied Eichendorff, dem bei diesem Anblick nur zu bewusst wurde, dass er seit dem vergangenen Abend nichts mehr gegessen hatte.

Mit gesegnetem Appetit machte sich Eichendorff über die Speisen her, doch er aß allein. Weder Therese und Anna noch der verblüffte von Holly beteiligten sich an der Mahlzeit, sondern beobachteten den Alten, wie er aß, wobei sie ihn nicht stören wollten und doch hofften, er möge sein Mahl schnellstmöglich beenden, damit sie ihn wieder mit ihren unaufschiebbaren Fragen bedrängen könnten.

Unter diesen aufdringlichen Blicken, dazu umgeben von einem unangenehmen Schweigen, schmeckte es Eichendorff kaum. Nachdem der größte Hunger gestillt worden war, nagte er missvergnügt an einem Hähnchenschenkel und beobachtete von Holly, der seinem Blick auszuweichen versuchte. »Also was gibt es denn so Dringliches?«, fragte Eichendorff schließlich und ließ den Knochen auf seinen Teller fallen.

Von Holly, erleichtert, sein Anliegen nun endlich vorbringen zu können, räusperte sich kurz und rutschte auf seinem Hosenboden herum, als ob er sich in Stellung bringen wollte. »Ich bin heute Morgen nach Köthen abberufen worden in einer höchst heiklen Angelegenheit bezüglich …«

»… des Mordes an der Gräfin Johanna Augusta von Plötzkau, nehme ich an«, fiel ihm Eichendorff ins Wort.

Von Holly starrte ihn überrascht an. »Woher weißt du davon?«

Über diesen Mangel an Scharfsinn musste Eichendorff schmunzeln. »Aber mein verehrter Vetter – als wäre das ein so großes Geheimnis!«, rief er aus. »Die ganze Stadt redet doch seit diesem Vorfall von nichts anderem, vor allem, nachdem deine Landjäger auch noch den Doktor Lutze verhaftet haben, der nun wirklich kein unbekannter Mann ist.«

Von Holly fasste sich wieder. »Natürlich. Wie auch anders? Nun gut. Auf jedem Fall gilt es, dem Doktor den Prozess zu machen, wobei es weniger um eine Verurteilung gehen dürfte als um die Feststellung der konkreten Abläufe.«

»Du hältst den Doktor also nicht für den Täter?«, hakte Eichendorff nach, worauf sein Vetter die Brauen zusammenzog.

»Das geht mich nichts an. Aber wir haben noch einen zweiten Verdächtigen dingfest gemacht, der es wesentlich schwerer haben dürfte, seinen Kopf aus der Schlinge zu ziehen.«

Eichendorff nickte langsam. Ja, dieser dumme Junge hatte sich wahrlich keine Freude gemacht mit seinem aufrührerischen Benehmen. »Und wenn auch er unschuldig wäre?«, fragte Eichendorff halblaut.

»Das bezweifle ich. Aber auch das geht mich nichts an«, wiederholte von Holly, nicht ohne Misstrauen gegen Eichendorffs Anfrage.

Dieser setzte unvermittelt nach. »Nehmen wir es doch für einen kurzen Moment einmal an, rein hypothetisch.«

Von Holly senkte die Stimme und sprach nun übermäßig betont und klar. »Dann würden wir eben einen anderen festnehmen. Ich würde diesen Kerl höchstpersönlich vor den Richter schleppen, wenn es sein müsste.«

»Wenn er noch da wäre«, wies Eichendorff seinen Cousin unbeirrt zurecht. »Was nach der lautstarken Verhaftung des Doktors unwahrscheinlich sein dürfte. Und in Halle soll es ja auch nicht eben ruhig zugegangen sein, wie man hört.«

»Du hörst recht viel, werter Vetter«, bemerkte von Holly bitter und versuchte, aus Eichendorffs alten, listigen Augen schlau zu werden. Doch da war nichts in ihnen zu lesen, der kleine Glanz in dem schwarzen Rund der Pupille tanzte keck umher und versperrte die Sicht auf die dahinterliegenden Gedanken des Poeten.

»Aber zurück zu meinem Anliegen«, fuhr von Holly fort, um Haltung bemüht. »Ich wurde nach Köthen berufen, um dafür Sorge zu tragen, dass der Prozess reibungslos und möglichst zügig vonstattengehen wird.«

»Ich verstehe«, erklärte Eichendorff ironisch. »Die außergewöhnliche Brisanz des Falles verlangt natürlich nach den obersten Köpfen.«

Von Holly nickte gewichtig. »In der Tat«, pflichtete er seinem Cousin bei.

»Ist er wirklich so ungestüm, wie sie sagen?«, entfuhr es da Anna, die bislang geschwiegen, wohl aber dem Gespräch aufmerksam gefolgt hatte. Erstaunt wandten sich die Herren der jungen Frau zu, die sogleich errötete vor Scham, und selbst Therese, deren Temperament äußerst unterschiedliche Ausmaße annehmen konnte, blickte mit großen Augen auf ihre Tochter.

»Ich meine …«, versuchte Anna ihr Interesse zu erklären, doch sie fühlte sich von den bohrenden, leicht spöttischen Blicken von ihrem Großvater und von Holly durchschaut und schon stockte sie, brachte kein Wort mehr heraus und eilte schließlich beschämt in das Haus, gefolgt von dem heiteren, nachsichtigen Lachen der Älteren.

»Du musst aufpassen, was deine Tochter liest, Therese«, meinte von Holly schmunzelnd. »Auch meine Maria schmökert in den seltsamsten Büchern. Erst letztlich hatte sie so einen Schweizer am Wickel, Gotthelf … Aber wir schweifen ja schon wieder ab!«, ermahnte sich von Holly und lenkte das Gespräch wieder auf die aktuellen Ereignisse der Stadt.

»Du wirst also die zwei Verdächtigen nach Dessau überführen, nehme ich an?«, fragte Eichendorff und nahm einen kräftigen Zug Milch, doch von Holly schüttelte energisch den Kopf.

»Aber nein. Der Prozess wird hier gemacht. Aus diesem Grunde ist ja auch der Herzog Leopold IV. persönlich angereist …«

»Der Herzog?«, rief Eichendorff aus. »Das nenne ich doch einmal eine Neuigkeit, Niki, bravo!«

»Was hast du denn gedacht?«, fragte von Holly verwundert. »Eine Gräfin aus dem Hause der Askanier, einem der ältesten Geschlechter des deutschen Adels, wird ermordet und das ginge einfach so an der herzoglichen Familie vorbei?«

Eichendorff sah ein, dass sein Vetter völlig recht hatte. Er hatte die Straftat anscheinend in ihrer Bedeutung zu sehr unterschätzt. Die Anwesenheit des Herzogs veränderte selbstverständlich einiges. Eichendorff war bekannt, dass der umtriebige Leopold IV. Friedrich sehr um den Ausbau seines Landes bemüht war und sich sehr engagiert im Bereich des Straßenbaus, des Schulwesens und der Wirtschaftspolitik zeigte. Es war nicht anzunehmen, dass er sich für längere Zeit in Köthen aufhalten würde, auch nicht angesichts dieser erschreckenden und gänzlich herausnehmenden Tat. Es würde kurzer Prozess gemacht werden, so viel stand fest. Eichendorff blieb nicht mehr viel Zeit, wollte er Kleins Unschuld beweisen. Nervös zog er seine Savonnette aus der Westentasche und klappte ihren silbernen Sprungdeckel auf. Es war kurz nach zehn Uhr. Zu früh, um mit Ottos Ankunft zu rechnen.

»Ist es möglich, dem Prozess beizuwohnen?«, fragte Eichendorff, worauf von Holly ein zynisches Lächeln auf das Gesicht trat.

»Du meinst, du würdest gern dabei sein? Wie passend, genau deshalb bin ich hergekommen. Der Herzog benötigt deine fachliche Kompetenz, die du dir in Berlin erworben hast. Keine Angst, es geht nicht um die Jurisprudenz. In Dessau ist natürlich bekannt, in welchen Ministerien du gedient hast. Man fragt nach dir eher als Protokollant, der den Prozess begleitend festhalten soll, vielleicht sogar als Schreiber für Potsdam. Immerhin könnte es durchaus möglich sein, dass sich seine Majestät, der König Friedrich Wilhelm IV. von Preußen, ebenfalls für dieses Vergehen und seine Sühnung interessiert. Wie dem auch sei, in Köthen mangelt es zwar nicht an entsprechendem Personal, doch ich vermute, dass der Herzog zugleich den – wenn auch unglücklichen – Umstand nutzen will, um mit dir Bekanntschaft zu schließen.«

Eichendorff sprang wie angestochen auf. »Und das erwähnst du erst jetzt?«, polterte er und schickte sich an, die Tischgesellschaft zu verlassen. »Also nein! All die Zeit, und wie ich aussehe! Völlig derangiert!«

Auch von Holly hatte sich erhoben, sichtlich verunsichert von dem impulsiven Auftritt des Alten. »Ich meinte, es hätte noch Zeit, immerhin sagtest du doch selbst …«

»Unsinn, es drängt!«, rief Eichendorff unruhig und ging an seinem Gast vorbei, ohne noch ein weiteres Wort zu verlieren, und betrat das Wohnhaus in der Absicht, sein Äußeres möglichst zügig wiederherzustellen.

Therese, die von dem Ungestüm ihres Vaters nicht weniger überwältigt war als von Holly, versuchte die Situation zu retten. »Wer hätte gedacht, dass ihm so viel daran liegt, den Herzog kennenzulernen«, scherzte sie leichthin. »Möchtest du nicht doch vielleicht etwas trinken, bis er wieder eintreffen wird?«

Von Holly lehnte höflich ab. »Vielleicht ist es, weil ihm die ganz große Anerkennung immer versagt geblieben ist«, sann er, während er auf Thereses Aufforderung hin wieder Platz nahm. »Du weißt schon, die von ganz oben. Im Beruf wie im Schreiben.«

Therese nickte still, mehr aus Höflichkeit denn aus Überzeugung.

XII.

Es war kaum zu glauben, dass es erst einen Tag zurücklag, da Eichendorff gemeinsam mit seiner Frau Louise und Max nahe dem Schloss spazieren gewesen war. Was hatte sich hier nicht alles verändert! Wo gestern noch vereinzelte Flaneure eine ruhige Stunde gefunden hatten, herrschte nun reges Treiben und das laute Durcheinander vieler Hunderter Stimmen, wie es nicht einmal an den Markttagen in der kleinen Stadt zu vernehmen war.

Die Schaulustigen hatten sich nicht nur in den großzügig angelegten Parkanlagen westlich des Schlossensembles versammelt, nein, der Lärm ließ vermuten, dass es auch auf dem Schlossplatz im Süden zu einer beachtlichen Menschenansammlung gekommen war.

Als sich Eichendorff und von Holly, eskortiert von vier Landjägern, mühselig einen Weg durch die Menge bahnten, stellten sie schnell fest, dass sich die Bürger nicht damit begnügt hatten, außerhalb der Residenz zu verharren. Neugier und Sensationslust, aber auch ehrliche Empörung und vielleicht sogar Mitgefühl hatten sie den äußeren Schlosshof einnehmen lassen. Die wenigen Wachen, die der Herzog von Dessau mit sich geführt hatte, waren dem Ansturm der Menge keinesfalls gewachsen gewesen und hatten weichen müssen. So tummelten sich nun die Köthener zwischen der fürstlichen Reithalle und dem im Norden daran anschließenden Remisenhaus sowie dem im Süden gelegenen Marstall. Kinder sprangen umher, fliegende Händler boten lauthals allerlei Backwaren und Süßspeisen an, Mönche des nahen Klosters mischten sich unter das Volk und versuchten, es von Übergriffen gegen die herzoglichen Besitzungen abzuhalten.

Eichendorff konnte unter den Versammelten nur wenige Soldaten ausmachen, die sich zumeist vor den Toren der Gebäude aufhielten, finster dreinblickten, doch keinesfalls in irgendwelcher Gefahr schwebten, denn die ganze Aufmerksamkeit des Volkes war auf das bewachte Torhaus gerichtet, das den ausgelassen lärmenden Menschen den Zugang über den Wassergraben versperrte und somit den inneren Schlosshof unzugänglich machte. Diese Aussperrung führte jedoch bei den zusammengeströmten Bürgern nicht etwa zu gewaltvollem Frust, vielmehr herrschte eine ausgelassene Freude unter den Versammelten, als sei die bevorstehende Verurteilung des mutmaßlichen Mörders eine willkommene Abwechslung vom sonst so eintönigen Alltag, eine Art Volksfest. Und so trank man ungezügelt, scherzte und Eichendorff glaubte sogar, eine Fidel spielen zu hören, doch er musste sich wohl getäuscht haben.

Von Holly schrie wütende Aussprüche in die Menge und gab seinem Pferd die Sporen. Hier, außerhalb jeder unabsehbaren Konversation und standesbedingter Zwänge, war er ganz Soldat und Befehlshaber. Er drängte die Brust seines Wallachs immer wieder aufs Neue gegen die Umstehenden, versetzte ihnen Tritte mit seinem schweren Stiefel und forderte Eichendorff durch Handzeichen auf, sich dicht hinter ihm zu halten. Doch trotz der vier Soldaten und von Hollys rauer Art, sich Platz zu verschaffen, kam die kleine Gruppe nur langsam voran.

Als sie schließlich die Brücke erreicht hatten, wurde ihnen bereitwillig aufgesperrt, auch wenn es die Torwachen einige Mühe kostete, die sofort nachströmende Menge in Schach zu halten. Erst die gezogenen Gewehre verlangten den Kerlen, die zuvörderst schoben und drängten, genug Respekt ab, um von ihrem Tun abzulassen.

Der innere Schlosshof spiegelte in keiner Weise die Unruhe wider, die außerhalb des Wassergrabens herrschte. Hier lag eine unsägliche Stille über dem Platz, die wohl schon immer zwischen den Gemäuern gewesen war, selbst als diese noch von der fürstlichen Familie bewohnt worden waren, und der wie aus weiter Ferne hallende Lärm der teils belustigten, teils aufgebrachten, in beiden Fällen aber sensationsgierigen Menge drang nicht bis hierhin vor.

Das gesamte Anwesen versprühte einen beinah märchenhaft zu nennenden Charme, der in der architektonischen Vielfalt der einzelnen Gebäude begründet lag, die trotz unterschiedlicher Bauelemente aus Renaissance, Barock und modischem Klassizismus keineswegs zueinander in Konkurrenz standen, sondern sich harmonisch zu einem Ganzen zusammenfügten. Eichendorff war ganz gewiss kein fremder Gast in dem Köthener Schloss. Mehrmals schon während seines Aufenthalts in dieser Stadt hatte er sich hierhin zurückgezogen, um in der willkommenen Abgeschiedenheit über seine nächsten Schriften zu sinnieren und dabei gleichzeitig die Bibliothek der ehemaligen Residenz in Anspruch nehmen zu können.

»Ich bitte, zu folgen«, forderte von Holly Eichendorff nun in einem recht dienstlich klingenden Ton auf. Eichendorff hatte freilich Verständnis für das militärische Gehabe seines Vetters, immerhin tummelte sich auf dem Schlosshof einiges an Untergebenen, vor denen der Herr Major ein gutes Beispiel abgeben wollte. Trotzdem mochte er es sich nicht verkneifen, ihm eins auszuwischen, und so rief er möglichst jovial: »Aber natürlich, Niki!«, wobei er von Holly kameradschaftlich auf die Schulter schlug.

Warum Eichendorff so heiter aufgelegt war, wusste er selbst nicht recht. Auch von Hollys finsterer Blick brachte den Alten kaum zur Raison. Wahrscheinlich war es die Übermüdung, das Nervenfieber und überhaupt die allgemeine Schwäche, die er in sich aufkommen spürte. Dazu begann seine Hand wieder zu zittern, ebenso wie am Abend zuvor. Doch merkwürdigerweise schien sein alter Körper noch über stille Reserven zu verfügen, die Eichendorffs heitere Stimmung über all die Erschöpfungszeichen euphorisch hinwegtrug, ja, er fühlte sich geradezu beschwingt, als er von Holly in das Treppenhaus des Ferdinandbaus folgte.

Von Holly hingegen war die Aufregung in Person. Er versuchte, seine Erregung zu verbergen, aber Eichendorff war nicht entgangen, dass sich sein Vetter höchst unwohl in seiner Haut fühlte. Lag es daran, dass er den äußeren Schlosshof nicht gegen die vordringenden Bürger hatte halten können? Aber nein, das von ihm zu fordern, wäre ein Unding gewesen angesichts der wenigen hier in Köthen stationierten Truppen. Vielleicht war von Holly auch die Anwesenheit des Herzogs unangenehm, immerhin verkehrte er nicht allzu oft auf direktem Wege mit seinem Brotherrn. Vielleicht waren es aber auch ganz allgemein die besonderen Umstände, die beide, Herzog und Major, hier in Köthen zusammengeführt hatten und die von Holly verunsicherten, denn dieses Unterfangen unterschied sich doch gehörig von allem, was sonst tagtäglich im Rahmen seiner Tätigkeit zu bewältigen war. Und nichts störte einen alten Haudegen in Reserve bekanntlich mehr als das, was sich außerhalb seines routinierten Dienstes bewegte.

»Du wirst gleich dem Herzog persönlich gegenübertreten«, mahnte von Holly. »Dies ist eine Ehre, die nicht allen Schreibern zuteil wird.«

Eichendorff wusste nicht recht, worauf sich sein Vetter bezog. Meinte er das nichtige Amt, das für ihn während des Prozesses vorgesehen war, oder war dies als leicht verächtlicher Kommentar auf seine schriftstellerische Betätigung gemünzt? Wahrscheinlich sprach der Neid aus seinem Vetter, möglicherweise befürchtete er auch, Eichendorff könnte sich als nicht würdig genug erweisen und einen Schatten auch auf die Familie derer von Holly-Ponienczíecz werfen … Er musste nun wahrlich äußerst nervös sein, wenn ihm solch ängstliche und völlig unbegründete Gedanken vorschwebten. Eichendorff entstammte einem Geschlecht, das, wenn auch nicht übermäßig belehnt und angesehen, doch zumindest in seiner Würde und in der Unantastbarkeit seines guten Namens den Askaniern in nichts nachstand. Armer Vetter! Als wüsste sich ein Freiherr von Eichendorff nicht zu benehmen!

Doch um von Holly nicht ungeneckt zu lassen, tätschelte er ihm vertraulich den Unterarm, während dieser ihm den Weg in den ehemaligen Regierungssaal wies, wie es die alten Leute zu tun pflegten, wenn sie senil wurden und an Haltung verloren. Von Holly, zutiefst darüber verärgert, von Eichendorff veralbert zu werden, schnaubte wütend aus, kam jedoch nicht umhin, beim Eintreten in den Saal die Hacken schwungvoll zusammenzuschlagen und dem Herzog, der sich nahezu am anderen Ende des Raumes befand, klar und deutlich die Anwesenheit seines albernen Cousins, des verdienstvollen Freiherrn Joseph Karl Benedikt von Eichendorff, dem Geheimen Regierungsrat a. D. Seiner Majestät des Königs von Preußen, vorzustellen. Nach dieser Ankündigung nahm von Holly erneut Haltung an, verneigte sich unbestimmt in Richtung Raummitte und zog sich zügig zurück.

Der Herzog hatte die Eintretenden kaum zur Kenntnis genommen. In dem nahezu leeren Saal, in dessen Mitte lediglich ein kleiner Tisch aufgestellt war, auf dem verschiedene Unterlagen ausgebreitet waren, nahm sich der Herrscher äußerst unvorteilhaft klein und etwas verloren aus. Leopold IV. Friedrich lehnte an einer Fensterbank und sah hinunter über den Innenhof des Schlosses, das vor wenigen Monaten an ihn gefallen und das er bis auf die nötigsten Einrichtungsgegenstände hatte gründlich leer räumen lassen. Nun stand der inzwischen sechzigjährige Herzog, von dem es hieß, er sei ein innovativer und umtriebiger Mensch, still, äugte teilnahmslos auf seine Untertanen, die eilig zwischen den Schlossgebäuden umherliefen, und Eichendorff schien es, als würde der Fürst für einen schwachen Augenblick die Last des Alters und der Verantwortung, die auf seinen Schultern ruhte, schmerzlich spüren. Natürlich, der Herzog war ein ansehnlicher, schlanker Mann, dessen Uniform tadellos saß und mitsamt der Epauletten und des umgürteten Degens einen schneidigen Eindruck auf den Betrachter machte, und doch verriet die gebeugte Haltung Eichendorff eine gewisse Melancholie, in welcher der Herzog momentan verharrte.

»Welch trauriger Umstand führt uns zusammen«, raunte er mit dumpfer Stimme und blickte dabei zu Eichendorff hinüber, der langsam nähertrat. »Ich habe nie viel Sinn für Literatur gehabt, auch wenn ich sie nach Kräften unterstützt habe«, fuhr der Herzog fort, »und gerade mit der sensiblen Literatur, wie sie zu meiner Zeit in Mode war, konnte ich nicht viel anfangen. Aber den Namen Eichendorff hörte man einst oft und noch heute durchaus wohlwollend, und so bin ich durchaus erfreut, Sie kennenzulernen.«

Eichendorff nahm die höfliche Begrüßung dankend entgegen, verneigte sich vor Leopold IV., was dieser mit einer abwinkenden Handbewegung quittierte.

»Die Zeiten wandeln sich. Das werden Sie als Baron wohl auch zu spüren bekommen haben. Das Volk will uns Feudalherren nicht mehr, es will die Krämer und die Ingenieure. Das alte Verhältnis zwischen Herrscher und Volk ist getrübt, das Vertrauen fehlt. Verhalten wir uns ruhig, sind auch sie es, und so mag es noch einige Jahre und vielleicht Jahrzehnte gehen. Doch rühren wir den kleinen Finger, ballt sich die Faust des Volkes. Aber damit mag sich mein Nachfolger herumschlagen.«

Herzog Leopold wandte sich von dem Fenster ab und deutete Eichendorff an, ihm zu dem Tisch in der Mitte des Raumes zu folgen. Als er in das Antlitz des Fürsten blicken konnte, machte Eichendorff in dem nahezu faltenlosen Gesicht mit dem adretten, schlohweißen Spitzbart zwei nachdenkliche, bewanderte Augen aus, in denen die Weisheit vieler schwerer Regierungsjahre ruhte.

»Die Gräfin von Plötzkau ist, oder besser gesagt, war mit mir so unbedeutend entfernt verwandt, dass ich Ihnen nicht einmal sagen kann, welche Bezeichnung unser beider Familienverhältnis trägt«, hub der Herzog an, wobei er sich an den Tisch niederließ. »Nichtsdestotrotz habe ich mich dieser unschicklichen Angelegenheit persönlich angenommen, da ich befürchten musste, dass andernfalls das empfindliche Verhältnis zwischen Bürgern und mir beschädigt werden könnte. Immerhin ist der Doktor Lutze ein angesehener Mann, nicht nur in Köthen, und auch der andere, wie hieß er doch gleich …«

Während der Herzog einige Papiere suchend anhob, kam ihm Eichendorff zu Hilfe. »Andreas Klein, mein Fürst.«

»Exakt«, vermerkte der Herzog und ließ die Akten wieder auf den Tisch fallen. »Auch er soll einer nicht ganz unbedeutenden Familie entstammen, wenn auch im Harz ansässig. Aber trotzdem! Nichts für ungut, aber ich fürchte, hier ist etwas mehr Taktgefühl vonnöten, als es Ihr werter Cousin Holly an den Tag legen könnte.«

Unter des Herzogs lauerndem Blick, wie Eichendorff wohl diese halb scherzhafte Kritik an seinem Verwandten aufnehmen würde, musste der Dichter schmunzeln. »Ich stimme mit Ihnen völlig überein«, erklärte Eichendorff. »Doch wie wollen Sie vorgehen? Man spricht von einem Exempel, was doch am allerwenigsten tauglich wäre, um den Täter seiner Strafe zuzuführen und zugleich das Volk befriedet zu halten.«

Leopold erhob sich geschwind. »Natürlich wäre dies ein völlig unangebrachtes Zeichen. Aber meine bloße Anwesenheit scheint das Gerücht entfacht zu haben, ich würde tatsächlich derart unüberlegt vorgehen wollen. Wie töricht!« Der Herzog schritt durch den Saal und verschränkte dabei die Arme auf dem Rücken. Langsam zog er seine Kreise um den Tisch, wobei er Eichendorff mehrmals umrundete, sodass sich dieser auf seltsame Weise von dem Fürsten vereinnahmt fühlte.

»Ich wollte die Sache klein halten«, meinte der Herzog. »Aber die Landjäger haben meine Pläne durchkreuzt. Ich wurde nach der Verhaftung Lutzes vor vollendete Tatsachen gestellt.«

»Halten Sie den Doktor für schuldig?«, fragte Eichendorff.

»Nun, denken wir doch einmal nach: Eine fast völlig gesunde Dame betritt ein Sanatorium und wird darin erstochen aufgefunden. Es könnte unter diesem Aspekt jeder gewesen sein, der sich zuvor Zutritt in die Klinik verschafft hat. Aber dass er den toten Körper der Gräfin zu beseitigen versucht hat, wirft schon ein fragwürdiges Licht auf den Mediziner. Ob ich ihn für schuldig halte? Ja. Aber nicht des Mordes, zumindest nicht zum derzeitigen Stand der Dinge. Ermittlungsbehinderung, ja, so könnte man das Vergehen des Doktors wohl nennen. Aber bei seinen privaten

Verhältnissen bin ich durchaus gewillt, Gnade vor Recht ergehen zu lassen.«

Eichendorff sah den Herzog fragend an.

»Oh, Sie wissen wohl nicht allzu viel über den Herrn Doktor, nicht wahr?«

»Ich bin ihm nur ein paar Mal begegnet«, erklärte Eichendorff. »Und bei gleich welchem dieser Treffen war er äußerst reserviert.«

»Verständlich, mein Freund, verständlich«, meinte Leopold nachdenklich. »Immerhin starb ihm die eigene Frau Martha praktisch unter den Händen weg. Manche munkelten von Pfuscherei. Kein Wunder also, dass ihn der Tod einer weiteren Patientin so herb traf und er um seinen Ruf fürchtete. Unter Schock sind manche Leute zu den unglaublichsten Taten fähig. Aber wer weiß, vielleicht ist es auch nur ein loser Gedanke von mir. Vielleicht ist der Arzt doch der Mörder, auch wenn ich kein Motiv entdecken kann.«

Der Herzog unterbrach sich plötzlich und schaute Eichendorff mit einem Mal durchdringend an. »Aber Sie scheinen mir doch äußerst interessiert an dem Fall zu sein, wenn ich mir diesen Kommentar erlauben darf, mein verehrter Herr Baron.«

Eichendorff fuhr überrascht zurück. »Wie kommen Sie darauf?«, fragte er, vergeblich bemüht, seine Verblüffung zu unterdrücken.

»Nun verstellen Sie sich doch nicht«, forderte der Herzog höflich. »Woher sonst kennten Sie den zweiten Verdächtigen bei seinem Namen?«

Eichendorff hatte seine Fassung wiedergewonnen und lächelte verschmitzt. »Die Gräfin war keine unbekannte Person vor Ort«, meinte er selbstsicher.

»Wollen Sie damit andeuten, dass die bessere Hälfte Köthens von dieser peinlichen Affäre meiner Verwandten wusste?«, fragte Leopold erregt und Eichendorff konnte ihn kaum besänftigen.

»Zumindest nach ihrem plötzlichen Ableben. Es wurde mächtig geklatscht.«

Der Herzog trommelte nervös auf den Griff seines Degens, doch schließlich nickte er nachdenklich. »Ja, auch dies ist ein Grund, weshalb meine Mission gescheitert ist. Ich wollte alles unauffällig und dabei gerecht bereinigen, doch nicht genug, dass meine Landjäger all ihre Handlungen mit Fanfaren begingen, musste auch noch die Gräfin von Plötzkau im Mittelpunkt einer kleinen, sensationssüchtigen Gesellschaft stehen. Wer die Gerüchte nicht vorantrieb, wollte wenigstens Weiteres hören und das Ergebnis des allgemeinen Aufruhrs konnten Sie im Schlosshof sehen. Ein Menschenauflauf ohnegleichen. Der Fall bekommt dadurch unangenehme Öffentlichkeit. Ein Graus!«

Der Herzog war erneut an das Fenster getreten, das ihm den Blick auf den Schlossinnenhof freigab. Schwermütig seufzte er auf.

»Aber ich trage ja auch meinen Anteil an dem Debakel. Durch meine Anwesenheit hat sich natürlich auch der Hof in Dessau darum gerissen, dem Ereignis beizuwohnen. Mein Sohn, Prinz Friedrich, erachtete seine Anwesenheit bei diesem Prozess als die Pflicht eines zukünftigen Herzogs, wie er es nennt, und selbst mein halb toter Schwager, der Landgraf Gustav von Hessen-Homburg, der von einer Kur zur anderen zieht, ist mit meiner Schwester Friederike heute Morgen angereist. Ich habe sie noch gar nicht gesehen, solch ein Trubel herrscht hier. Aber Ihr Vetter Holly meinte, sie hätten Quartier im Johann-Georg-Bau neben dem Torhaus bezogen und würden sich über den unmöglichen Lärm des Volkes beschweren. Als hätte ich nichts Dringlicheres zu tun!«

Leopold raufte sich das Haar. Anschließend hing er seinen Gedanken nach, den Blick immer noch aus dem Fenster gerichtet, und es trat ein längeres Schweigen ein, das Eichendorff unangenehm war. Die angespannte Situation des Herzogs hatte Eichendorffs heitere Stimmung flugs vertrieben und ihm bewusst gemacht, dass der Fürst keinen rechten Zugang zu dem Gerichtsfall fand und dennoch den Vorgang nicht einfach so dem Amtsgericht überlassen wollte, das doch neben einigen anderen Verwaltungseinrichtungen in den Gebäuden des Schlosses untergebracht war. Wahrscheinlich versuchte Leopold IV. Friedrich, dem Mord an einer Adligen durch seine persönliche Anteilnahme mehr Gewicht zu verleihen und gleichzeitig jeden Verdacht der politischen Einmischung gar nicht erst aufkommen zu lassen – und befand sich damit in einem klaren Widerspruch. Aber warum bemühte er sich so sehr um ein geregeltes Verfahren? Hatte nicht er selbst erst vor wenigen Jahren die Verfassung seines Landes wieder aufgehoben, die er unter dem Druck der Revolutionäre von 1848 hatte erlassen müssen? Niemandem gegenüber war er Rechenschaft schuldig, außer seinem Gewissen und dem Herrn.

Doch Eichendorff vermutete, dass dem alten Herrscher die Schrecken der Revolution zu tief in den Knochen saßen, um seine landesherrliche Gewalt in vollem Umfang auszuspielen. Natürlich könnte er sowohl Lutze als auch Klein festsetzen und ohne Prozess hinrichten lassen. Die Indizien, die auf eine merkwürdige, wenn auch nicht völlig einsehbare Verwicklung beider mit der Ermordung der Gräfin hindeuteten, reichten aus, um ein solches Verfahren abzusegnen. Doch Leopold haderte.

»Halten *Sie* ihn für schuldig?«, fragte der Herzog unvermittelt.

»Den Doktor? Ich weiß es nicht«, entgegnete Eichendorff, doch Leopold schüttelte den Kopf.

»Den anderen meine ich.«

Eichendorff wusste nicht, wie er auf diese Frage antworten sollte. Die Aussichten standen für den Studenten Andreas Klein äußerst schlecht, immerhin hatte er sich den Jägern bei seiner Verhaftung widersetzt – das wohl deutlichste Indiz für seine Schuld. Und solange Klein nicht beweisen konnte, wo er sich an dem fraglichen Abend aufgehalten hatte, durfte ihm auch dringlich unterstellt werden, die Gräfin ermordet zu haben und zuvor oder nachher in ihr Haus eingedrungen zu sein, um etwaige Beweise wie die Korrespondenz der Gräfin zu entwenden.

Dem Herzog war Eichendorffs Schweigen aufgefallen und so wandte er sich dem Älteren zu. »Sie zögern?«, fragte er vertraulich, worauf sich Eichendorff zu erklären versuchte, doch der Herzog ließ ihn nicht zu Wort kommen. »Auch ich bin mir nicht sicher. Irgendetwas ist faul an der ganzen Sache. Es sieht so … untergeschoben aus. Wie kommt das nur?«

Eichendorff fiel ein Stein vom Herzen. Die Zweifel des Herzogs könnte er nutzen, um sich mit ihm zu verbünden und wenigstens einen Aufschub des Prozesses zu erwirken. »Ich frage mich«, begann er, möglichst bedächtig sprechend, »warum sich Klein solche Mühe machen sollte, seine Briefe im Haus der Gräfin verschwinden zu lassen – und dabei zu riskieren, erwischt zu werden –, wenn er es gleichzeitig nicht für nötig erachtet hätte, das Gepäck der Gräfin in der Klinik auf mögliche Beweise zu kontrollieren.«

»Sie meinen, der Mörder sei ein anderer?«, fragte der Herzog ernstlich. »Nun, der dürfte dann inzwischen über alle Berge sein. Wie blamabel.« Wieder trommelte der Herzog auf seinen Degengriff.

Eichendorff hatte es geschafft. Der Herzog war zumindest in seinem Zweifel bestärkt worden. Klein war beinah gerettet, dieser dumme Lausbub! Innerlich triumphierte Eichendorff, während er mit gelassenem Blick beobachtete, wie der Herzog nachdenklich an den Tisch trat und auf die ausgebreiteten Akten starrte.

»Trotzdem!«, rief der Fürst plötzlich aus, griff scheinbar willkürlich nach ein paar Bögen Papier und faltete sie zusammen. »Oder gerade deshalb! Klein muss herhalten.«

Damit nahm er den ausgewählten Stoß Akten unter den Arm und schickte sich an, wie von einer fixen Idee entbrannt, den Saal zu verlassen.

Eichendorff sah ihm perplex hinterher. »Ich verstehe nicht, mein Fürst ...!«, rief er aus. »Was ficht Sie an?«

Der Herzog wandte sich energisch nach Eichendorff um. »Das kann ich Ihnen sagen, Herr Baron«, zischte er und trat einige Schritte näher. »Wie stehe ich denn da, wenn ich vor dem Gericht, das ich höchstpersönlich einberufen habe, wie ein Vorgeführter aussehe, dem die Felle davon geschwommen sind? Nein, mein Freund, nicht mit mir! Nicht vor den Augen der Öffentlichkeit.«

»Aber Sie können doch nicht einen Unschuldigen wider besseres Wissen verurteilen!«, stieß Eichendorff empört hervor. »Das ist gegen jedes Gesetz!«

»Sie vergessen sich, Mann! *Ich* bin das Gesetz!«, dröhnte der Herzog und jede Melancholie und Schwäche war von ihm gewichen, als seien sie nie da gewesen.

Vor dem durch den impulsiven Ausruf eingeschüchterten Eichendorff stand der greise Herzog von Anhalt-Dessau in alter Größe, als mächtiger Militär, der seine Truppen entschlossen durch die Befreiungskriege gegen Napoleon bis nach Paris geführt hatte, als wilder Haudegen, ungestüm und imposant. »Klein hat sich auch so schon schuldig genug gemacht. Es ist einerlei, ob er den körperlichen oder nur den gesellschaftlichen Tod der Gräfin herbeigeführt hat. Seine Hinrichtung wird die Schmach, die er leichtfertig über das Hause Plötzkau gebracht hat, reinwaschen.«

Eichendorff stand wie vom Donner gerührt. Das durfte nicht wahr sein! Wie konnte der Herzog von einem Moment auf den anderen die Rollen derart vertauschen! »Und wenn ich seine Unschuld beweisen kann?«, fragte Eichendorff verzweifelt. »Was dann?«

»Wagen Sie es ja nicht!«, drohte Leopold zähneknirschend. »Sie würden keinen heilen Fuß mehr aus diesem Raum setzen, das verspreche ich Ihnen.«

»Aber bedenken Sie sich doch einen Moment«, flehte Eichendorff den Fürsten an. »Sie wollen doch nicht einen Unbeteiligten zur Schlachtbank führen. Ich bitte Sie! Niemand zwingt Sie dazu.«

Händeringend war Eichendorff an den Herzog herangetreten und war kurz davor, nach dessen Arm zu greifen, um ihn zu beschwören, kein unschuldiges Blut zu vergießen, denn dass ein Urteil, sollte es über den Mörder der Gräfin gesprochen werden, nur den Tod bedeuten konnte, stand außer Frage. Eichendorff sah dem Herzog direkt in die Augen, die sich ihm verschlossen hatten, ja, Leopold schien sein Gegenüber gar nicht recht wahrzunehmen.

»Alles ist noch offen«, raunte Eichendorff. »Wo liegt ein Motiv, das gegen Klein spräche? Sie stünden mit leeren Händen da, der Lächerlichkeit preisgegeben.«

»Habgier, Eifersucht, Tobsucht – es gibt so viele scheußliche Leidenschaften, die zu weitaus scheußlicheren Taten führen«, meinte der Fürst tonlos. »Eine davon wird sich auch für Ihren Studenten benutzen lassen.«

»Nichts davon ließe sich nicht auch jedem anderen unterstellen! Ich fordere ernsthafte Beweise«, rief Eichendorff empört aus, nun fast an den Rand seiner Contenance getrieben. »Beweisen Sie die Schuld Kleins, beweisen Sie die Unschuld des Doktors! Er könnte genauso gut der Täter sein.«

»Ich sagte Ihnen bereits, dass auch ich meinen Anteil an der Schuld habe«, flüsterte Leopold kaum wahrnehmbar. »Durch mich wuchs das Interesse an der Tat ins Übergroße, Eichendorff, und nun gibt es kein Zurück mehr. Ich habe mich selber an die Wand gespielt. Das Volk regiert.«

Der Herzog bebte vor Erregung, Schweiß trat ihm auf die Stirn. Seine Unterlippe zitterte, als könnte sie die herausdrängenden Worte nur mit Mühe zurückhalten. Die ganze Erscheinung des Fürsten deutete auf einen Anfall von Wahnsinn hin, der von Leopold Besitz zu ergreifen schien. Sein fiebriger Blick irrte durch den Saal.

Nun griff Eichendorff doch beherzt nach der Hand des Herzogs, in der bangen Hoffnung, ihn zur Einsicht bewegen zu können, aber dieser machte sich eilends von dem Alten los.

»Eichendorff, Sie vergessen sich!«, schrie er, vor plötzlicher Wut schäumend. »Für wen in aller Welt halten Sie sich? Und mich? Für Ihren Dressurköter? Sehen Sie die Meute da draußen, sehen Sie nur! Sie reden so hochtrabend von Gesetz und Vernunft, dass mir speiübel davon werden möchte. Schauen Sie sich um, was sehen Sie? Denken Sie allen Ernstes, ein Prozess ließe sich in die Länge ziehen? Die Meute fordert einen Kopf, sie will Blut sehen. Und das wird sie auch!«

Mit diesen Worten durchschritt Herzog Leopold geschwind den Saal, verlachte schrill Eichendorffs nachgerufene letzte Einwände und schlug die schwere Tür hinter sich zu, die dröhnend ins Schloss fiel. Einen Augenblick lang glaubte Eichendorff zu träumen. Wie rasant sich die Dinge zum Schlechten gewendet hatten! Doch noch hatte er nicht aufgegeben, noch konnte der Herzog, wenn auch möglichst würdevoll und sanft, ausgebremst werden. Aber wie nur?

Eilig ging er auf die Tür zu, die, wie er vermutet hatte, nicht verschlossen worden war, öffnete sie und folgte den Geräuschen des davonlaufenden Herzogs in das Treppenhaus. Eichendorff wusste, dass Leopold IV. Friedrich den Prozess unverzüglich eröffnen würde, aller Wahrscheinlichkeit nach in dem Thronsaal des Ludwigbaus im südlichen Gebäudekomplex des Schlosses, wohin seit Eichendorffs Ankunft verschiedene Beamte und Kleinadelige geströmt waren, um dem Spektakel beizuwohnen. Und ja, eine Schau würde es werden, wenn es dem Herzog dank seiner respekteinflößenden Autorität im Nu gelingen sollte, den sicherlich verwirrten Klein in Widersprüche zu verwickeln, die ihn schließlich zu Fall brächten, und vor dem späten Nachmittag hätte das Volk ein gewünschtes Exempel und könnte nach Belieben darüber entscheiden, ob es dieses befriedigt annehmen würde oder nicht.

Eichendorffs Herz raste. Der Lauf über die Treppe strengte seine Beine übermäßig an, und als er den Schlosshof erreicht hatte, musste er sich zuerst an das Gemäuer lehnen und verschnaufen, bevor er einen weiteren klaren Gedanken fassen, geschweige denn einen nächsten Schritt zu dem Ludwigbau wagen konnte.

Auf dem Hof herrschte nun eine leichte Unruhe, ausgelöst von dem Eintreffen des Herzogs. Man sah sich nach ihm um, grüßte ehrfurchtsvoll und tauschte sich über das kommende Ereignis aus, das nun, nachdem der Herzog sich zu dem Thronsaal aufgemacht hatte, jeden Moment beginnen würde. Das Gemurmel der Anwesenden steigerte sich gar in einen regelrechten Tumult, dem Gehabe der Menge vor den Toren nicht unähnlich, als Klein von zwei herzoglichen Soldaten vorgeführt wurde. In Ketten hatten sie ihn gelegt und schleiften ihn hinter sich her. Seit seiner Verhaftung schien er schlecht behandelt worden zu sein, denn seine Kleidung war zerschlissen und verschmutzt, blutig an manchen Stellen sogar, sei es von den Hieben der Jäger, die ihn verhaftet, oder von denen der Soldaten, die ihn möglicherweise schon etwas weichgeprügelt hatten, in der Hoffnung, ihn einzuschüchtern oder zu einem Geständnis zu zwingen. Dem Studenten fiel das verklebte Haar wirr ins Gesicht, ein Auge war blutunterlaufen und jene Galanterie, die sein charmantes, wenn auch arrogantes Benehmen ausgemacht hatte, ging ihm völlig ab.

Eichendorff betrachtete den vorbeigeführten Andreas Klein mitleidig. Er wusste, dass es hierbei auch galt, den Verdächtigen möglichst wild erscheinen zu lassen, um seine angebliche Gefährlichkeit für alle Beiwohnenden des Prozesses von vornherein augenscheinlich zu machen. Und es gab nichts, was Eichendorff in diesem Moment hätte unternehmen können, um dieses gottlose Treiben zu beenden. Als Schreiber könnte er lediglich Verständnisfragen stellen, nicht mehr. Es war hoffnungslos! »Warum nicht der Doktor?«, entfuhr es Eichendorff verzweifelt. Dann schwanden ihm die Sinne.

XIII.

Eichendorff hörte seinen Namen rufen, jemand rüttelte an ihm, zog ihn hoch und hielt ihn an den Schultern fest. »Joseph, ich bitte dich …«, rief da jemand. »Joseph, komm wieder zu dir!« Langsam wurde ihm wieder klar vor Augen. Von Holly drückte seinem Vetter den Gehstock in die Hand, der Eichendorff entglitten war. »Du siehst ja furchtbar aus, mein Freund«, bemerkte von Holly, »ganz blass. Würde dich ein Schluck Wasser erfrischen? Otto, fass einmal mit an!«

Eichendorff sah sich suchend um. »Otto ist hier?«, fragte er erregt und machte neben dem ob des Aufsehens peinlich berührten Major die schmale Gestalt seines Enkels aus. »Otto, mein Goldjunge«, hauchte Eichendorff, langsam wieder Hoffnung schöpfend. »Was für ein Schrecken! Was für ein Glück!«

Von Holly wurde nicht klug aus dem Gestammel des Alten und war sichtlich erleichtert, als er bemerkte, dass sich Eichendorff so weit erholt hatte, dass er selbstständig aufrecht stehen konnte und seiner Hilfe nicht weiter bedurfte. »Ihr entschuldigt mich sicher«, murmelte er, wobei er sich nach allen Seiten umsah, ob auch niemand von dem Zwischenfall Notiz genommen hatte. »Ich werde im Thronsaal verlangt«, murmelte von Holly, »und dir rate ich, dich auch schleunigst dorthin zu begeben, Joseph, zumindest, falls dich deine Beine wieder tragen.« Doch Eichendorff nahm den Major kaum zur Kenntnis, denn er hatte nur noch Augen für seinen Enkel.

»Otto!«, rief er freudig aus. »Du ahnst ja gar nicht, wie sehnlich ich dich erwartet habe. Lass dich umarmen!« Und schon herzte er den jungen Mann, der vor Überraschung kaum wusste, wie ihm geschah. »Ich hoffe, deine Mission war erfolgreich?«, fragte Eichendorff sofort, nachdem sich seine erste Erleichterung gelegt hatte. Immerhin war noch längst nichts beschieden, auch wenn es ihm war, als hätte sich ein Silberstreif der Hoffnung am Horizont aufgetan.

»Mission?«, fragte von Holly misstrauisch. »Was zum Kuckuck hast du getrieben, Otto?«

»Ich habe im Gasthaus *Zum Kronprinzen von Preußen* übernachtet und kam mit den dort logierenden Studenten ins Gespräch, natürlich ganz ungezwungen, wie du es empfohlen hattest, Großvater«, erklärte Otto.

Von Hollys Interesse ließ schlagartig nach. »Joseph, das hat doch Zeit. Ich bitte dich!«, drängte er, doch Eichendorff winkte nachlässig ab. »Weiter!«, ermunterte er Otto. Dieser musste sich das nicht zweimal sagen lassen.

»Klein habe ich den ganzen Abend über nicht gesehen und erst am Morgen stellte sich heraus, dass er bereits verhaftet worden war …«

»Moment mal!«, unterbrach ihn von Holly aufgebracht. »Soll das heißen, du hast deinen Enkel schnüffeln lassen, Vetter?«

»Pfui, jetzt ist aber Ruhe!«, zeterte Eichendorff erbost. »Weiter, Otto, weiter!«

»Dafür berichteten mir der Johann Martin Finck und sein Stubennachbar Ernst Riebel, die ganz wunderliche Kerle sind, dass sie für gewöhnlich allerlei Unsinn mit dem Klein im Verbund anstellen. Wir sind dann bald in eine Schenke umgesiedelt, in der Kleinen Ulrichstraße – wenn ich nur noch den Namen wüsste …«

»Ja, ja«, trieb Eichendorff, »lass die Nebensächlichkeiten aus dem Spiel, denn dafür fehlt es uns an Zeit. Was hast du herausgefunden?«

Auch von Holly spitzte nun die Ohren. Seit der Name Kleins gefallen war, hatte seine Neugier an dem seltsamen Bericht Ottos stark zugenommen. Dieser fasste nun also, etwas geknickt, da er um die gesamte Geschichte gekommen war, das Wesentliche in wenigen Worten zusammen. Danach hatte sich Andreas Klein am fraglichen Abend tatsächlich in den Gärten von Giebichenstein aufgehalten und war genau, wie er es Eichendorff gegenüber behauptet hatte, zunächst auch allein gewesen. Doch dies hatte sich irgendwann im Laufe des Abends geändert, als Klein der Einsamkeit überdrüssig geworden war und die Lust nach Gesellschaft verspürt hatte. Wie er später vor seinen Freunden Finck und Riebel geprahlt hatte, war er zu einem Mädchen gegangen, das sie alle unter den Namen Rosalie kannten. Genaueres hatten die Studenten Otto gegenüber nur angedeutet, doch wie es schien, hatte Klein die ganze Nacht über mit Rosalie in irgendeiner Hinterstube ausgiebig gezecht, denn erst zur Mittagszeit des folgenden Tages hatte Rosalie Klein vor seiner Unterkunft abgeliefert. »Er kann also keineswegs die Gräfin ermordet haben. Er hat ein Alibi«, schloss Otto seinen Bericht, stolz darüber, den entscheidenden Hinweis gefunden zu haben. Doch in Eichendorffs Gesicht spiegelte sich keine Freude wider, stattdessen machte Otto darin einen kaum unterdrückten Anflug von Enttäuschung aus. »Aber hilft denn das nicht? Wissen wir denn jetzt nicht mehr?«, fragte er irritiert und blickte abwechselnd auf Eichendorff und von Holly.

»Du hast diesem Klein ein Alibi verschafft, das überhaupt nichts wert ist«, rief von Holly polternd aus. »Die Aussage einer Prostituierten gilt nichts vor einem Gericht. Das ist keine ehrbare Person, also rein rechtlich nicht beweisfähig.«

Otto schien erst jetzt zu begreifen, was ihm die Studenten nur vage umschrieben hatten. »Sie ist also eine …«

»Es ist einfach nicht zu fassen!«, schrie Eichendorff, der so sehr auf Otto gezählt hatte. »Es war alles umsonst!« Grenzenloser Pessimismus überkam den Alten und trieb ihm die Tränen in die Augen.

»Andreas Klein ist unschuldig und wir haben nichts in der Hand außer … Weiber!«, zischte er verärgert. »Der eine hurt wahllos herum und der andere pflegt seinen Witwerstand. Und beide landen vor dem Gericht.«

Eichendorff stieß mit seinem Gehstock hart auf den Kies, dass einige Steinchen aufstoben. In seinem Kopf herrschte seit dem gestrigen Tag ein heilloses Durcheinander; Hektik und Zeitnot hatte die letzten Stunden geprägt. Er war erschöpft, übermüdet und hungrig. Und nun, wo ihm der Fall zum ersten Mal klar vor Augen trat und sich alle Mühen endlich gelohnt zu haben schienen, waren Eichendorff die Hände gebunden. Der Herzog Leopold IV. Friedrich hatte ihn zum Schweigen verdammt, weil er rückgratlos einen Sündenbock benötigte, um seine eigenen Verfehlungen zu kaschieren. Der Student Andreas Klein würde in wenigen Minuten für schuldig befunden und verurteilt werden. Vielleicht würden sie ihn noch heute strangulieren, der Galgen stand ja schon bereit und an Willenskraft fehlte es weder der fiebrigen Menge noch ihrem feigen Herrscher. Der Kaufmann Klein würde eine Klage bei seinem Dienstherren, dem Grafen von Wernigerode, einreichen. Diese würde nach Potsdam weitergeleitet werden, denn zu Preußen gehörte ja die kleine Grafschaft, und dort würde sich die Schrift in irgendeiner Behörde verlieren. Das anhaltinische Herzogtum stand bei den Preußen in zu hohem Ansehen, als dass es wegen eines Bürgersohns, noch dazu eines so unbedeutenden, ernstliche Auseinandersetzungen befürchten müsste. Darauf setzte wohl auch Fürst Leopold, der wie die meisten Häupter seiner Familie seit vielen Generationen der preußischen Majestät Militärdienst geleistet hatte und auf die Gunst des Königs Friedrich Wilhelm IV. vertrauen konnte. Nein, ein unschuldiger, dummer Junge würde bald sein Leben lassen und es würde nicht einmal etwas nützen, wenn er sich doch noch zu seinem nächtlichen, nicht ganz schicklichen Treiben bekennen sollte, denn wer würde ihm jetzt noch Glauben schenken, wo doch der Stab bereits über ihn gebrochen war?

Aber was Eichendorff das Blut förmlich kochen ließ, war der Gedanke daran, dass der wahre Täter sich noch immer auf freiem Fuß befand und es scheinbar auch bleiben würde, und so war die Gräfin ungesühnt ermordet, war das Attentat auf ihn ungestraft begangen worden. Der Verbrecher müsste sich nicht einmal heimlich aus der Stadt und über die Grenze flüchten, wo doch nach Kleins Hinrichtung kaum weitere Ermittlungen durchgeführt werden würden.

»Aber …«, sinnierte Eichendorff vor sich hin und schien mit einem Mal zu begreifen. »Das ist es! Der Mörder ist noch in der Stadt!« Erregt packte er von Hollys Schultern und zog ihn an sich heran. »Martha!«, rief er aufgewühlt. »Martha Lutze! Sie starb dem Doktor weg, nicht wahr?«

Von Holly verstand nicht, doch stimmte er seinem Vetter zu. »Ja doch. Das war eine ganz tragische Geschichte damals. Stadtgespräch. Aber das macht ihn noch lange nicht zum Mörder.«

Eichendorff starrte von Holly mit glasigen Augen an. Seine zittrigen Hände rüttelten an des Majors Epauletten. »Sag mir geschwind: Wie hieß diese Frau mit Kindernamen?«, brachte er mühsam heraus. »Etwa Schmitt?«

Von Holly versuchte, den Griff des Alten zu lockern, dessen Wahn ihm Furcht einjagte. »Ja, sicher«, rief er ungeduldig aus. »Martha Schmitt, des Wildhüters Tochter. Aber lass mich doch los, du bist ja nicht recht bei Sinnen!«

Eichendorff konnte es nicht fassen. Die Lösung war die ganze Zeit über so nahe gewesen, zum Greifen nahe, praktisch direkt vor seiner Haustür. Freudig lachte er auf. »Das ist es!«, wisperte er. »Das ist es! Ich hab des Rätsels Lösung gefunden!«

Otto machte sich ernstliche Sorgen um seinen Großvater, der sich so merkwürdig aufführte. Seit einer geraumen Zeit schon hatte der junge Mann das Zittern seiner Hände bemerkt, das nun auch die Unterarme Eichendorffs ergriffen hatte. »Wie ist dir?«, fragte Otto fürsorglich, wobei er den Arm um den gebrechlich wirkenden Alten legte und zugleich von Holly fragend ansah, der sich sichtlich nervös die Uniform zurechtrückte.

»Bring ihn weg, Otto«, riet von Holly schließlich. »Er ist offensichtlich überlastet. Ich werde ihn beim Herzog entschuldigen. Kommst du zurecht?«, fügte er abschließend hinzu. »Du verstehst, ich werde erwartet, es ist an der Zeit, dem Prozess beizuwohnen, so schmerzlich es ist ...«

»Nichts da!«, rief Eichendorff prompt aus. »Niki, du wirst anderweitig gebraucht!«

Der Major, wie vor den Kopf geschlagen von Eichendorffs fester Stimme, stand stramm und wagte keine Widerworte, während ihm sein Vetter, unerwartet zu neuen Kräften gekommen, in knappem Befehlston seine Instruktionen erteilte. »Du wirst den Thronsaal unverzüglich aufsuchen und dir Zutritt zu dem Herzog verschaffen. Erwirke dir eine Unterbrechung des Verfahrens ...«

»Aber ...«, setzte von Holly an, doch Eichendorff ließ ihn nicht zu Wort kommen.

»Mit welchen Mitteln auch immer!«, mahnte er eindringlich. »Ich kann dem Herzog den wahren Täter überführen, sag ihm dies.«

»Das ist unmöglich!«, rief von Holly fassungslos. »Das Verfahren läuft und ... ich kann doch nicht einfach so ... Wie stellst du dir das vor?«

Eichendorff hatte keine Zeit, sich seinem Vetter zu erklären. »Wage es, Niki, du kannst ein Leben retten! Und wir«, wandte sich Eichendorff an Otto, »müssen sofort aufbrechen, um weiteres Übel zu verhindern.«

Schon zog er seinen Enkel mit sich fort in Richtung der Landjägerpferde, die noch gesattelt und gezäumt vor dem Alten Amtshaus provisorisch angepflockt standen, da das eigentlich dafür vorgesehene Gebäude, der Marstall, durch die versammelte Menschenmenge unzugänglich geworden war. »Was hast du vor?«, rief von Holly Eichendorff hinterher, doch als dieser zwei Pferde losband und sich mithilfe Ottos auf eines der beiden schwang und seinen Enkel aufforderte, es ihm gleichzutun, protestierte von Holly wütend. »Nicht meinen Wallach, verflucht noch mal!«, schrie er den Davongaloppierenden nach, die über die Brücke sprengten und sich anschickten, sich gewaltvoll einen Weg durch die Volksmasse zu bahnen.

»In den Thronsaal mit dir!«, rief Eichendorff seinem Vetter zuletzt zu, bevor er ihn aus dem Blickfeld verlor.

Auf dem äußeren Schlosshof herrschte nach wie vor reges Gedränge, sodass es Eichendorff nicht gelingen wollte, sich genügend Platz zu verschaffen, um wie vorgesehen auf dem kürzesten Wege entlang des Remisenhauses durch die nördlichen Parkanlagen zu entweichen. Stattdessen machte er kurz entschlossen kehrt, sowie er erkannte, dass es kein Durchkommen gab, und ließ sich von dem Strom der Menge mittreiben, wobei er jedoch darauf achtete, einen leichten Rechtskurs beizubehalten, der ihn an das südliche Ende des Schlossplatzes brachte, wo Eichendorff seinem Pferd im letzten Moment eine kräftigen Tritt in die Seiten verpasste, wodurch er es fertigbrachte, das vorpreschende Tier hinter den Marstall zu führen und auf diese Weise den überfüllten Schlossplatz endlich hinter sich zu lassen. Nachdem sich Eichendorff versichert hatte, dass es auch Otto gelungen war, unversehrt aus dem Pulk zu geraten, schlug er eilig den nahezu verlassenen Weg entlang des Prinzessinhauses ein und galoppierte streng nach Westen, der Magdeburger Vorstadt zu.

Otto hatte Mühe, dem Großvater nachzukommen, der seinem Gaul wie vom Teufel besessen zusetzte, mal mit den Fersen, mal mit dem Gehstock, den er als notdürftige Reitgerte benutzte, um sein Pferd immer wieder aufs Neue anzutreiben. Erst nahe des Magdeburger Tores gelang es Otto aufzuschließen, und mit erregter Stimme verlangte er von Eichendorff eine Erklärung für dessen Tun, doch dieser war so sehr auf den anstrengenden Ritt über die holprige Straße konzentriert, dass er nicht viel mehr herausbrachte als einzelne Wortfetzen, aus denen Otto nicht klug werden wollte. Nur so viel schien ihm festzustehen: Eichendorff wähnte seine Familie in dringender Gefahr, weshalb ihm viel daran gelegen war, möglichst schnell das Haus in Rosen zu erreichen, um das unheimliche Übel abzuwenden.

Aber welcher Art mochte diese Bedrohung sein? Otto konnte keinen klaren Gedanken fassen, zu geschwind hatten sich die Ereignisse überschlagen. Doch wenn sein Großvater den Mörder noch auf freiem Fuß und zudem noch hier in Köthen vermutete, so konnte die Notlage nur eine solche auf Leben und Tod sein, schoss es Otto durch den Kopf. Aber wer konnte dazu fähig sein?

Vor dem Landhaus am Rande der Stadt zügelte Eichendorff den Wallach, sprang noch in dessen letzter Bewegung aus dem Sattel und landete unsanft im Staub der Straße. Otto, der wenige Sekunden nach seinem Großvater vor dem Haus hielt, half dem gestürzten Alten auf die Beine, die über den Knien aufgescheuert waren und bluteten. »Oh mein Gott, so halte doch ein!«, flehte Otto Eichendorff an. »Drängt es denn wirklich so sehr? Nun sag schon!«

Doch Eichendorff verschwendete keine Zeit mit irgendwelchen Erklärungen. Er machte sich von seinem Enkel los und schickte sich an, das Wohnhaus unverzüglich zu betreten. Seine Knochen schmerzten ihn. Den linken Fuß zog er schleppend nach, da er ihn sich scheinbar bei seinem Sturz verstaucht hatte, dennoch verbiss sich der Alte jeden Gedanken an seine körperliche Konstitution, denn in diesem Moment galt seine Sorge dringlicheren Angelegenheiten. »Maly!«, brüllte er, als er in seinem ramponierten Zustand den Vorraum betrat, dicht gefolgt von Otto, der sich mühte, ihn zu stützen, doch immer wieder abgeschüttelt wurde. »Maly, verdammt!«

Energisch tat sich die Küchentüre auf und die derart wüst gerufene Haushälterin trat in das Foyer, eine böse Zurechtweisung auf der Zunge, die ihr jedoch im Halse stecken blieb, als sie ihren Herrn erblickte. »Meine Güte, was ist Ihnen zugestoßen? Frau von Besserer, eilen Sie herbei!«, rief sie verwirrt in das Hinterzimmer. »Ihr Vater ist verletzt!«

Diesen Ausruf hätte es nicht bedurft, denn Therese war bereits von dem lauten Geschrei Eichendorffs aufs Höchste alarmiert worden und hastete flugs herbei. Der entsetzliche Schrecken, den Eichendorffs mitgenommene Erscheinung hervorrief, stand den beiden Frauen ins Gesicht geschrieben und sie rangen bestürzt um Worte, doch Eichendorff war taub für ihre wirren Fragen.

»Wo sind die Kinder?«, rief er und als er nicht sofort eine Antwort bekam, stürzte er in die Küche, sie zu suchen. »Wo sind die Kinder, Therese?«, rief er erneut, wobei sich seine Stimme krächzend überschlug.

»Sie sind noch nicht von der Messe zurückgekehrt«, gab Therese weinerlich zur Antwort. »Aber bitte sage mir doch, was das alles zu bedeuten hat! Du machst mir ja Angst. Otto, sag du doch etwas!«

Doch Thereses Bitte blieb unerhört. Eichendorff besann sich kurz. Die Messe musste längst vorüber sein und von Sankt Agnus waren es keine zehn Minuten bis hierher, nicht einmal für Helenas kleine Schritte. Vielleicht waren sie ausgegangen, versuchte sich der Alte zu beruhigen. Vielleicht hatten sie sich dem Tumult im Schlosspark angeschlossen, ja, sicher auf Maximilians Drängen. Und der alte Besserer-Dahlfingen hatte sich breitschlagen lassen, gewiss, so würde es sein. Es hatte alles seine Richtigkeit!

Eichendorff atmete tief ein. Wie übel ihm geworden war mit einem Mal. Er musste sich setzen. Doch ebendies steigerte nur die Erhitzung, in welche Therese geraten war.

»Vater, was ist mit dir? Ich erkenne dich nicht wieder! Wenn doch nur Mutter hier wäre!«

»Es ist alles in Ordnung, mein Kind«, brachte Eichendorff langsam hervor und versuchte, beruhigend zu lächeln. Inzwischen war auch Anna zu den Frauen gestoßen und nahm stillen Anteil an der allgemeinen Verwunderung, die ihr Großvater ausgelöst hatte.

»Es ist wirklich alles in bester Ordnung, endlich«, wiederholte Eichendorff, mehr für sich. »Die Kinder sind unter der Obhut ihres lieben Vaters und deine Mutter ist den fürsorglichen Mönchen des Spitals anvertraut. Und ihr seid hier bei mir, meine Lieben«, fuhr Eichendorff fort und besah sich die ihn umringenden Verwandten. »Lasst mich euch umarmen!«, rief er selig aus. Ihm traten Tränen der Rührung in den Augen, als sich ihm Therese sogleich an die Brust warf.

»Du hast mir einen solchen Schrecken eingejagt!«, jammerte sie vorwurfsvoll, worauf ihr Eichendorff liebevoll durch das gelöste Haar strich.

»Das war nicht meine Absicht«, entschuldigte sich der Alte, »ein Verdacht, ein böser Verdacht, der sich zum Glück erübrigt hat.«

»Also hast du den Mörder der Gräfin doch nicht überführt?«, fragte Otto überrascht. »Da wird Onkel Niki aber wenig begeistert sein. Immerhin hat er wegen dir die Gerichtsverhandlung unterbrechen lassen.«

Therese traute ihren Ohren nicht. »Den Mörder der Gräfin? Du hast dich in Gefahr ... Und Otto ... Niki?« Verwirrt versuchte sie, Haltung zu bewahren, und ordnete sich wie in Trance ihr Haar. »Also, ich muss schon sagen! Allerhand!«, entfuhr es ihr, doch zu mehr war sie nicht in der Lage.

Eichendorff, der sich von der kürzlichen Anspannung wieder einigermaßen erholt hatte, hielt ihr beruhigend die Hand. »Es ist alles gut. Glaube mir, der Täter ist so gut wie hinter Schloss und Riegel.«

»Aber ich dachte, sie hätten ihn schon«, lamentierte Therese. »Hatten sie nicht diesen Studenten von außerhalb?«

»Das ist der Falsche!«, rief Otto triumphierend.

»Und wer war es an seiner statt?«, fragte Therese, nun mit wesentlich mehr Kraft in der Stimme. Doch Otto zuckte nur mit den Schultern und deutete auf Eichendorff. Dieser wich einer klaren Antwort aus. »Zunächst müssen wir abwarten. Solange wir im Haus bleiben, wird uns nichts geschehen. Wir warten einfach, bis Onkel Niki zu uns stößt.«

Therese fuhr zusammen. »Also doch!«, rief sie aus. »Es droht uns etwas und du rückst nicht mit der Sprache heraus!«

»Oder er fabuliert!«, zeterte Maly, die sich bislang erstaunlicherweise äußerst zurückgehalten hatte. »Was hier vorgeht, fragen Sie! Das kann ich Ihnen sagen. Ein nahezu Siebzigjähriger will Bäume ausreißen. Wenn er nicht gerade verträumt aus dem Hause geht, kommt er verstaubt zurück und macht mir den Fußboden dreckig, und zu guter Letzt auch noch blutig. Kein Mensch wird schlau aus dem, was er spricht, und wenn er nichts sagt, rennt er wie der Beelzebub durch die Räume. Ich sage Ihnen, was hier verkehrt ist: Der alte Herr wird langsam verschroben!«

»Ich verbitte mir diesen Ton!«, rief Therese heftig. »Er ist immer noch mein Vater.«

»Und ich verbitte mir, hier festgehalten zu werden«, gab Maly nicht weniger energisch zurück. »Wir sollen hier im Haus verweilen, weil der Herr von Eichendorff eine romantische Fantasie auslebt? Nicht mit mir, nicht an meinem freien Nachmittag!«

»Maly, ich bitte dich, sei vernünftig«, meinte Eichendorff um Verständnis werbend, doch Maly wehrte ihn mit einer überschwänglichen Handbewegung ab.

»Das bitte ich *Sie*! Seit Tagen muss ich mich fragen, was Sie umtreibt und womit Sie mich im nächsten Moment überfallen. Aber heute nicht. Ich werde genauso spazieren gehen, wie ich es mir vorgenommen habe. Morgen früh können Sie dann gern wieder nach Herzenslust meine Nerven strapazieren. Guten Tag!«

Mit diesen Worten verließ Maly die Küche, doch Eichendorff folgte ihr stehenden Fußes. »Spazieren gehen?«, hakte Eichendorff misstrauisch nach. »Allein?«

Maly, die sich bereits ihr Tuch umgebunden hatte und drauf und dran war, das Haus zu verlassen, drehte sich abrupt um. »Nein, wenn Sie es unbedingt wissen wollen. Ich werde abgeholt. Und wenn Anna mitkommen mag, kann sie das gerne tun.«

»Abgeholt?«, wiederholte Eichendorff und die Aufregung nahm erneut Besitz von ihm. Der Kerl trieb sein Spiel einfach weiter wie gehabt. Nichts hatte sich verändert. Ha, er glaubte wohl, noch immer nicht entlarvt zu sein! Eichendorffs Hände zitterten vor Erregung.

»Du solltest dich hinlegen«, schlug Therese mit einem Mal vor, doch Eichendorff war schon zur Tür hinausgestürzt und durchquerte den kleinen Vorgarten, um sich im nächsten Moment auf der staubigen Landstraße nach allen Seiten umzusehen. Doch nichts. Die beiden Pferde, mit denen Otto und er vorgeritten waren, hatten sich etwas abseits niedergelassen und grasten am Straßenrand. An den Teichen war keine Menschenseele zu sehen, es wusch wohl niemand um diese Tageszeit seine Wäsche. Und auch Flaneure zeigten sich hier nicht. Wer ausgehen wollte, hatte an diesem heutigen Tag den Schlossplatz zum Ziel, dachte Eichendorff. Die Straße lag in tiefster Ruhe, einsam und verlassen, soweit es sein Auge überblicken konnte.

Doch da hinten … war da nicht …? Ja, da kam er! Seine massige Gestalt war selbst aus der Ferne unschwer zu erkennen. »Halunke!«, zischte Eichendorff, und wenn der Wildhüter ihn auch aufgrund der größeren Distanz zwischen ihnen nicht hatte hören können, so konnte sich der Alte seiner Aufmerksamkeit doch sicher sein, zu seltsam war die Erscheinung, die Eichendorff machte. »Otto, bring den Vorderlader«, raunte er seinem Enkel zu.

Dieser regte sich nicht von der Stelle. »Ist das dein Ernst?«, fragte er ungläubig und sah hilflos seine Mutter an.

Maly aber wurde es zu bunt. »Mir reicht dieses Theater!«, rief sie temperamentvoll und schickte sich an, dem Wildhüter entgegenzugehen.

»Und mir reicht's mit dir!«, rief Eichendorff, plötzlich vor hastig aufsteigender Wut kochend, und zog Maly zurück in den Garten. »Hiergeblieben, aber flott!«

Zum ersten Mal hatte er sie derart angefahren und so stand sie denn auch sprachlos ob des Alten, der sie keines weiteren Blickes würdigte, sondern seine Augen auf den Wildhüter heftete, dessen Schritte sich inzwischen verlangsamt hatten und der nun, da ihm das merkwürdige Treiben kaum verborgen geblieben sein konnte, zögerte, sich dem Haus noch weiter zu nähern.

»Da haben wir ihn ja!«, murmelte Eichendorff selbstsicher. »Otto, das Gewehr! Wir bringen einen Jäger zur Strecke!«

Doch kaum hatte er diese Aufforderung ausgesprochen, ergriff der Wildhüter die Flucht, verließ die Landstraße, auf der er bislang gelaufen war, und schlug sich durch das Unterholz der Fasanerie.

»Verflixt und zugenäht!«, stieß Eichendorff aus und machte sich sofort an die Verfolgung des Flüchtigen, lief so schnell ihn seine Beine trugen über die Straße und weiter in die daran angrenzende, wild bewachsene Wiese. »Otto, das Gewehr!«, schrie Eichendorff erneut, bevor er zwischen den dicht stehenden Bäumen in den Wald eintauchte.

Eichendorff gab sich keinen Illusionen hin. Gegen einen ausgewachsenen Mann in der Blüte seines Lebens hatte er keine Chance. Zudem war die Fasanerie das Revier des Wildhüters, hier kannte er sich bestens aus, während Eichendorff sich mehr stolpernd als hastend durch das unwegsame Gelände fortbewegte. Niemals würde er den Flüchtling einholen und überwältigen können. Aber wenn es ihm gelänge, nur so lange durchzuhalten, bis beide den Wald hinter sich gebracht hätten, dann könnte Eichendorff Alarm schlagen und den Wildhüter von den umliegenden Bewohnern dingfest machen lassen. Nur durchhalten, alter Junge, ermunterte sich Eichendorff. Der Puls hämmerte ihm an die Schläfe. Nur durchhalten! Schritt für Schritt kämpfte er sich vorwärts, hörte auf jedes verräterische Geräusch, das ihm die Richtung andeutete, in die sich der Wildhüter zu retten gedachte.

»Geben Sie auf, Schmitt!«, schrie Eichendorff. »Es ist vorbei!« Doch er bekam keine Antwort. Auch die dumpfen Töne unter den Schritten des Wildhüters waren nun verklungen. Keine am Boden liegenden Äste knacksten mehr, kein Laub vom vergangenen Herbst raschelte.

Eichendorff lauschte vergeblich in die ihn umgebende Stille, als er plötzlich den Hall eines Schusses vernahm, nicht allzu weit entfernt von ihm. Sollte Otto …? Aber nein, so schnell konnte er nicht sein. Eichendorff setzte eilig seinen Weg fort und tatsächlich fand er kurz darauf den auf der Erde liegenden Wildhüter, niedergestreckt durch seine eigene Hand.

Eichendorff wischte sich den Schweiß von der Stirn. Langsam trat er näher auf den schmalen Platz zwischen den Baumstämmen, gerade groß genug für die ausgestreckte Leiche des Hüters, dessen Kopf in einer kleinen Lache dunklen Blutes lag.

»So gehst du nun dahin«, murmelte Eichendorff, fast versöhnlich, »und der Spuk hat endlich ein Ende.«

XIV.

Die Kirschen waren in diesem Sommer sehr früh dran. Max ereiferte sich unter Annas sanften Zurechtweisungen und erklomm die Baumkronen, um seine Schwester mit den ersten roten Früchten zu bewerfen. Das schallende Gelächter des lieben Flegels drang bis zu Eichendorff, der die kleine Szene von seinem Arbeitszimmer aus beobachtete. Da Anna es schließlich aufgab, ihren Bruder auszuschimpfen, ließ sie ihn bald allein zurück und wandte sich dem Gartenhaus zu, in dem sie sich, wie Eichendorff vermutete, wohl wieder in einen ihrer geliebten Schmöker verlieren würde. Nur die kleine Helena blieb unter dem Kirschbaum sitzen, war im hohen Gras nur auf den zweiten Blick auszumachen und las fleißig auf, was ihr Max herunterwarf, um sich die süßen Früchte sogleich in den Mund zu stecken.

Eichendorff trat mit einem herzlichen Seufzen von dem Fenster zurück und nahm wieder an seinem Schreibtisch Platz. Der begonnene Brief an seinen Verleger wartete noch auf einige letzte, abschließende Zeilen. Aber was gab es schon Bedeutendes hinzuzufügen? Er hatte Voigt & Günther bereits vor einiger Zeit in Aussicht gestellt, dass er ein drittes Versepos verfassen würde, dessen Thematik vielleicht der römischen Antike entlehnt sein würde. Nun hatten sie ihn in ihrem letzten Brief aus Leipzig an dieses Vorhaben erinnert, doch Eichendorff hatte bislang noch nicht einen einzigen Vers zu Papier gebracht. Es würden wohl auch noch etliche Wochen vergehen, bevor Eichendorff wieder stimmungsvolle Stunden finden würde, um schreiben zu können.

Zunächst aber galt es, Abstand zu gewinnen. Die unlängst vergangenen Tage hatten für einigen Wirbel gesorgt, sodass Eichendorff in den Mittelpunkt des allgemeinen Interesses gerückt worden war – dieses Maß an Zudringlichkeit war ihm nicht sonderlich lieb, und da zudem Herzog Leopold IV. Friedrich ihm seine Gunst entzogen und zähneknirschend zu verstehen gegeben hatte, dass er es außerordentlich begrüßen würde, wenn der Dichter sich möglichst bald aus seinem kleinen Land entfernen würde, gab es für Eichendorff kaum noch einen Grund, um länger in Köthen zu verweilen.

Karlsbad schwebte ihm vor. Ja, eine Brunnenkur im Böhmischen würde der geplagten Louise gut tun und auch er könnte zu neuen Kräften gelangen oder zumindest seine Nerven erholen. Dank der stillschweigenden finanziellen Zuwendung des ob der jüngsten Vorgänge peinlich berührten von Hollys hatte sich diese Möglichkeit einer mehrwöchigen Kur eröffnet und Eichendorff gedachte, sie auch zu nutzen.

Wie hatte er sich erklären müssen, als ihn zunächst Otto und anschließend eine Schar von Landjägern unter dem Kommando seines Vetters Niki an der Leiche des Wildhüters aufgefunden hatten! Ach, und erst der Lärm in seinen heimischen Räumen, wo sich die Erregung der Frauen über Eichendorffs bizarres Verhalten in endlosen Vorwürfen niederschlug, bis auch die heimkehrenden Kinder in das allgemeine Gejohle einstimmten und einen wahren Budenzauber auslösten. Heilloses Durcheinander war gestiftet worden! Erst die vorreitenden Jäger flößten den Frauen genügend Respekt ein, um sich still zu verhalten, und als von Holly das Haus in Rosen betrat, benahm er sich noch offizieller und zugleich alberner als jemals zuvor.

Der Herzog hatte äußerst empört auf die Unterbrechung des Prozesses reagiert, die sich von Holly ungeschickt herbeizuführen gewagt hatte. Als Fürst Leopold auch noch erfahren hatte, dass der widerspenstige Eichendorff seine Finger im Spiel gehabt und von Holly gegen den Herzog aufgewiegelt hatte, war dieser außer sich vor Zorn gewesen, hatte die Gerichtsverhandlung jedoch tatsächlich ausgesetzt und eine Erklärung von Eichendorff für dessen ungebührliches Verhalten eingefordert, in der hämischen Hoffnung, den wichtigtuerischen Dichter dranzukriegen.

Aus gekränktem Stolz hatte sich der Herzog nicht dazu herabgelassen, Eichendorff späterhin persönlich zu empfangen, weshalb von Holly die Order erhalten hatte, den Alten aufzusuchen und einen entsprechenden Bericht anzufertigen, aus dem die Beweggründe Eichendorffs eindeutig hervorgingen.

Und so war von Holly schweren Herzens in die Magdeburger Vorstadt geritten, hatte seine Fragen gestellt und sich einiges notiert, nicht ohne seinem Vetter leise Vorwürfe zu machen, da er nun, nach all dem Ungemach, seine Anstellung am anhaltinischen Hof zu Dessau gefährdet sah. Doch Eichendorff hatte keinerlei Mitgefühl für die wankende Position von Hollys gezeigt, sondern den Fall noch einmal kleinschrittig durchgesprochen, als hätte er sich selbst erst einmal bewusst machen müssen, was eigentlich genau geschehen war.

Eichendorff war recht bald nach Bekanntwerden der Ermordung trotz gelegentlicher Zweifel überzeugt gewesen, dass weder der Doktor noch der Student als Täter infrage kämen, da es beiden an einem zwingendem Motiv für eine solch unfassbare Tat mangelte. Doch war es Eichendorff angesichts der Kürze der Zeit nicht gelungen, den wahren Mörder ausfindig zu machen. Unerklärlich blieb ihm auch die Bedeutung des Einbruchs in das Stadthaus der Gräfin. Sollte dieser bemerkt werden oder hatte hier ein schludriger Geist gewirkt, kurz: War hier absichtlich eine Spur zu dem Liebhaber der

Gräfin, Andreas Klein, gelegt worden oder sollte dessen Verwicklung in den Fall verdeckt werden?

Den entscheidenden Hinweis hatte ausgerechnet Herzog Leopold IV. Friedrich geliefert, und dies völlig unabsichtlich. Durch ihn entdeckte Eichendorff, dass Jürgen Schmitts verstorbene Tochter niemand anderes war als die verblichene Frau des Doktor Lutze. Da diesem der Vorwurf gemacht wurde, er trüge die Schuld an dem Tod seiner Frau, konnte zumindest vermutet werden, dass Schmitt, der Brautvater, Grund zur Rache haben könnte.

Diese Rache bestand nicht etwa darin, dass Schmitt dem Mediziner zu Leibe gerückt wäre, sondern, dass er versuchte, dessen Ruf zu schädigen. Schmitt ermordete die Gräfin, um Lutze und seine neu eröffnete homöopathische Klinik in Verruf zu bringen. Zwar konnte sich der Wildhüter dank der Popularität der Gräfin des öffentlichen Interesses gewiss sein, doch hatte er von Anfang an dilettantisch gearbeitet: Indem er Johanna Augusta von Plötzkau erstochen hatte, kursierte nur für einen sehr kurzen Moment die Rede vom Kurpfusch, auch wenn damit der Doktor noch lange nicht Haut und Namen gerettet hatte. Statt des Vorwurfs, fehlbehandelt zu haben, tat sich nun der des Mordes auf, doch auch wenn Lutze dessen verdächtigt wurde, konnte auch jede andere Person infrage kommen.

Daraufhin versuchte Schmitt, den Verdacht gegen Lutze zu erhärten, indem er in die Wohnung der Gräfin einstieg und sämtliche Indizien, die die Ermittlungen in eine andere Richtung lenken könnten, verschwinden ließ. Sei es nun, dass er ertappt worden war und das Haus eilig hatte verlassen müssen oder dass er sich von Natur aus ungeschickt benahm: Der Einbruch blieb nicht unbemerkt; und da Schmitt nicht alle Briefe entwendet hatte und die Gräfin zudem auch einige Exemplare bei sich trug, war der Verdacht schnell auf Klein gefallen.

Noch einmal hatte Schmitt versucht, den Doktor ans Messer zu liefern. Ihn selbst erreichen konnte er nicht, da dieser gefangen gehalten und somit bestens bewacht wurde. Angeregt von den Gesprächen im Hause Eichendorffs aber, denen er als Malys Gast beiwohnte, hatte er vermuten können, dass der Dichter einen Unschuldsverdacht gegen Klein hegte. Das war nicht weiter gefährlich für seine finsteren Machenschaften, immerhin würde durch Kleins saubere Weste der Verdacht auf den Doktor zurückfallen. Was aber, wenn Eichendorff erst einmal Feuer gefangen hätte und weitere Nachforschungen anstellen würde? Dies könnte die Absichten Schmitts unterwandern und so entschied er sich, Eichendorff zu beseitigen. Nun, der Anschlag bei Nacht und Nebel scheiterte ebenso wie der Versuch, in das Gasthaus *Zur Stadt Hamburg* einzudringen. Die Unzulänglichkeit des Wildhüters grenzte geradezu an unglaubliche Dummheit.

Und dennoch hatte Eichendorff keinerlei feste Beweise gegen ihn in der Hand; seine Vermutung hatte sich lediglich auf eine Handvoll Indizien begründet. Für einen Moment hatte er geglaubt, seine Familie sei durch die Rache des Wildhüters bedroht und vielleicht wäre sie es auch gewesen, wenn sich Schmitt Zutritt zu dem Haus in Rosen verschafft oder auch nur Maly und Anna während des geplanten Spazierganges in seine Gewalt gebracht hätte. Aber dazu war es nicht mehr gekommen.

Schmitts Zögern hatte ihn verraten. Zuvor hatte Eichendorff noch Zweifel gehabt, hatte befürchtet, sich bloßzustellen. Aber das Stocken von Schmitts Gang und schließlich seine überstürzte Flucht hatten ihn eindeutig überführt. Sein Selbstmord schließlich war, so traurig und verachtungswürdig er auch sein mochte, der letzte Beweis. Jürgen Schmitt war der Mörder der Gräfin zu Plötzkau.

Von Holly hatte mehrmals die Stirn gerunzelt, als er den Bericht nach Eichendorffs Ausführungen niederschrieb, einmal hatte er gar tief ausgeschnaubt. Als Eichendorff geendet hatte, konnte sich sein Vetter nicht länger zurückhalten. »So viel Leichtsinn!«, dröhnte er verständnislos. »Und das in deinem Alter!«

Eichendorff hatte ihm milde zugelächelt. »Aber es hat sich ausgezahlt, wie du zugeben musst. Die Wahrheit ist ans Licht gekommen.« Hierin hatte ihm von Holly zustimmen müssen, auch wenn er betonte, dass dies nicht seine offizielle Meinung sei und es doch auch sanftere Wege gegeben haben müsste, um diese Angelegenheit lautloser und vor allem weniger ordnungswidrig durchzuführen.

Dieser Ansicht war scheinbar auch Herzog Leopold IV. Friedrich gewesen, dessen Reaktion auf Eichendorffs Bericht von Holly mit dem Ausdruck »etwas ungehalten« umschrieben hatte. Sowohl der Doktor Lutze als auch Andreas Klein waren ebenso unverzüglich wie diskret auf freien Fuß gesetzt worden, wenn auch Letzterer schleunigst des Landes verwiesen und seine sofortige Abreise von einer Eskorte der Landjäger gewährleistet worden war …

So hatte sich zuletzt doch alles zum Guten gewendet, auch wenn Maly eine Zeit lang äußerst unausstehlich war. »Sie müssen mir auch jedes kleine Pläsier versäuern«, hatte sie Eichendorff angefahren und war danach nie wieder auf den Wildhüter zu sprechen gekommen.

Eichendorffs Gedanken waren noch nicht gänzlich zur Ruhe gekommen. Doch all die Vorgänge der letzten Tage würde Eichendorff in Karlsbad vergessen. Gemeinsam mit Louise würde er dort sommerfrischen und sich auskurieren. Später, im frühen Herbst, würde er, wenn überhaupt, nur kurz nach Köthen zurückkehren, um letzte Vorkehrungen für die Übersiedlung nach Neiße zu treffen, wo er sicherlich auch Zeit und Muße finden würde, um sich wieder dem Schreiben zu widmen. Also hieß es, Voigt & Günther auf den Herbst, frühestens, zu vertrösten. Und an die zwölf noch ausstehenden Freiexemplare seines letzten Versepos, *Robert und Guiscard*, zu erinnern!

XV.

Ein zweiter Brief lag noch unvollendet auf Eichendorffs Arbeitstisch. »Lieber verehrter Cousin ...« hatte der Dichter einleitend geschrieben. Eichendorffs Lippen wurden von einem schmalen Lächeln umspielt, als er das Schreiben unter seinen Papieren fand. Kurz nach seinem letzten Zusammentreffen mit Niki hatte er es begonnen und seitdem nicht abgeschlossen, da ihm so mancherlei wirr durch den Kopf gegangen war, dass er bislang keine stille Minute gefunden hatte, um den Brief zu beenden. Aber es erschien ihm unbedingt erforderlich, diese Mitteilung aufzugeben, und so griff er zur Feder und setzte in einem Zug darunter:

»... Dir für die Güte und Freundlichkeit, die Du uns in diesem Sommer so mannigfach erwiesen, nochmals meinen innigsten Dank zu sagen, und verbleibe mit aufrichtiger Liebe und Verehrung

Dein treu ergebener Cousin
von Eichendorff.«

Nachwort

Joseph von Eichendorff wird heute in erster Linie als Dichter, in zweiter, wesentlich nebensächlicherer als Freiherr und preußischer Beamter gedacht. Wer kennt nicht zumindest einige Fetzen seiner romantischen Gedichte, wer nicht seinen Taugenichts? Wenn ich Lesungen zu diesem Thema halte, frage ich für gewöhnlich meine Zuhörer, was sie über Eichendorff eigentlich wissen, und bekomme meist ebenjene Antworten. Eichendorff wirkt bis in die Gegenwart als gefühlvoller Poet nach, wobei sein literarisches Werk seine Lebensumstände längst in den Schatten gestellt hat. Über den Menschen Eichendorff ist kaum etwas allgemein bekannt.

Mir scheint es aber so, dass Eichendorffs Schaffen gerade im Hinblick auf seine Biografie umso interessanter ist, da sich hier einige Widersprüche und Gegensätze auftun, die erklären, welche Bedeutung die Literatur im Ganzen und das eigene Schreiben im Speziellen für den Dichter hatten. Da ist ein Mann aus gutem

Hause, wie man landläufig sagen würde. Die althergebrachte Ständeordnung, die aristokratische Herrschaftlichkeit und das rituelle Reglement der katholischen Kirche prägen ihn von Geburt an. Aber er ist auch ein Kind seiner Zeit und erlebt den Aufbruch in die Moderne zu Beginn des 19. Jahrhunderts und damit verbunden den wirtschaftlichen Niedergang des Provinzadels mit. Dieser Mann, von adliger Herkunft und doch verarmt, studiert, um sich zu verdingen, wird Beamter und verlebt eine ruhmlose Schreibtischkarriere, bis ihn die Pensionierung ereilt. Während dieses Daseinsfristens flüchtet er in die Welt der Fiktion, die ihm die Literatur eröffnet. Die Sehnsucht des einsamen Wanderers, die überschäumenden Gefühle des Verliebten, aber auch die unbändige Lebenslust des Musikanten entstehen im Kopf eines kleinen Beamten, der ganz im Gegenteil zu seinen literarischen Figuren ein konservativer Mensch ist. Schreibt er Satiren auf sich selbst? Lacht er sich in seinen Gedichten aus? Oder beschreibt er eine andere, heitere Fassette seines Wesens, die er in den Zwängen seines Lebens unterdrücken muss?

Das alles ist Eichendorff. Ich habe ihn zufällig für mich entdeckt und ihm zwei meiner Romane gewidmet, die ich beide im Herbst 2009 schrieb. Es sind keine Biografien, sondern fiktive Erzählungen. Und wie ließe sich das widerspruchsvolle Leben und Schaffen Eichendorffs besser veranschaulichen, wenn nicht in Form eines Kriminalromans? Wo sich die Handlung zuspitzt, wird auch der Protagonist an sein Äußerstes getrieben und bloßgestellt. Und ebendies wollte ich erreichen: Ich wollte Eichendorff zeigen, so wie er gewesen sein könnte.

Nun wäre es ein Leichtes gewesen, Eichendorff als verkrachten Beamten in einen Kriminalfall zu stürzen. Ähnlich einem Sherlock Holmes, der ohne Ermittlungen ein gelangweiltes Leben führt, könnte Eichendorff in seinem Berliner Ministerialbüro auf ein neues Verbrechen warten, um sich in den Tumult der Großstadt zu stürzen … Aber wie vorhersehbar wäre das! Und wie wenig herausfordernd für Schreiber und Leser.

Nein, mein erster Eichendorff-Roman zeigt einen sehr jungen Mann, gerade einmal 17 Jahre alt, der in Halle studiert. Es ist das Jahr 1805, Eichendorff ein unsicherer, aber sensibler Kerl, der die Wirren seiner Zeit gut reflektiert und sehr zufällig mit einem Verbrechen in Berührung kommt. Die Handlung des Romans ist bewusst als Kriminalsatire angelegt: Der Leser soll nicht mit dem sonntäglichen Tatort-Wissen auskommen, sondern überrascht werden. Am Ende des Buches steht also keine Verfolgungsjagd, keine Schießerei und Verhaftung des Täters, sondern ... Lesen Sie selbst.

Was reizt an einem jungen Eichendorff? Nun, in seinem Wesen liegt bereits der spätere Schriftsteller, aber dieser tritt noch nicht offen zu Tage. Ich wollte ihn als Jugendlichen zeigen, um anzudeuten, was aus ihm werden wird. Das verlangt natürlich nach einem literarischen Gegenstück, das klärt, wie es am anderen Lebensende aussieht. Eichendorff als älterer Herr – die Dichterkarriere liegt hinter ihm, ebenso die Beamtenlaufbahn. Im Jahr 1855 ist Eichendorff ein armer Pensionär, der bei seiner Tochter untergekommen ist. Noch einmal verschlägt es ihn nach Mitteldeutschland, nach Köthen und Halle. Aber ist er ein verbitterter, starrer Greis? Mein Eichendorff nicht. Dieser ist vielmehr ein weise gewordener, gütiger und still lächelnder Mann, der sich seinen Reim aufs Leben gemacht hat. Auch in dem zweiten Roman wird Eichendorff in einen Kriminalfall verwickelt, aber sehr anders! Während er im ersten Roman noch jugendlich, träumerisch und tapsig ermittelt hat, fließt nun die Schläue aus ihm. Eigenbrötlerische Menschenkenntnis mischt sich mit körperlicher Versehrtheit. Der gereifte Eichendorff ist ein besserer Detektiv, die Handlung tiefer und weniger satirisch gemeint.

Und nun? Die beiden Romane, die Eichendorff nicht als Schriftsteller, sondern als Menschen zeigen sollen, sind geschrieben. Ich werde oft gefragt, ob es einen dritten geben wird. Nein. Für mich ist diese Ehrbekundung abgeschlossen. Auch mit der Beschreibung des historischen Halles 1805 und 1855 bin ich zu einem Ende gelangt.

Bin ich zufrieden? Ja und ja. Zum einen mag ich den Eichendorff, der in diesen beiden Büchern erscheint. Er ist trotz aller Schwächen – oder gerade wegen ihnen? – ein sympathischer Mensch. Und zum anderen freue ich mich darüber, dass viele Leser diesen Mann ebenfalls mögen. Mehr als das wollte ich nicht: ein bescheidenes Denkmal für Joseph von Eichendorff in literarischer Form – in welcher sonst?

Bernhard Spring

Ebenfalls von Bernhard Spring erschienen:

Joseph von Eichendorffs erstes Semester an der halleschen Universität wird von einem mysteriösen Todesfall überschattet. Ein Abschiedsbrief des Erhängten deutet auf Selbstmord hin. Doch Eichendorff und sein getreuer Diener Jakob hegen einen Verdacht … Ein spannender Fall vor historischer Kulisse.

BERNHARD SPRING
Folgen einer Landpartie
Ein historischer Halle-Krimi
TatortOst

9,90 € | 168 Seiten | Broschur
ISBN 978-3-89812-681-6

www.mitteldeutscherverlag.de